光文社文庫

文庫書下ろし／長編時代小説

鎖鎌秘話

若鷹武芸帖

岡本さとる

KOBUNSHA

光　文　社

この作品は光文社文庫のために書下ろされました。

目次　【鎖鎌秘話　若鷹武芸帖】

鎖鎌秘話

若鷹武芸帖

『鎖鎌秘話　若鷹武芸帖』おもな登場人物

新宮鷹之介　……　公儀武芸帖編纂所頭取。鏡心明智流の遣い手。
水軒三右衛門　……　公儀武芸帖編纂所の一員。柳生新陰流の遣い手。
松岡大八　……　公儀武芸帖編纂所の一員。円明流の遣い手。
富澤春　……　富澤秋之助の娘。角野流手裏剣術を受け継ぐ。
高宮松之丞　……　先代から仕えている新宮家の老臣。
原口鉄太郎　……　新宮家の若党。
平助　……　新宮家の中間。
覚内　……　新宮家の中間。
中田郡兵衛　……　公儀武芸帖編纂所で目録などを編纂。
儀兵衛　……　甘酒屋の亭主であり、火付盗賊改方与力の手先。
大沢要之助　……　火付盗賊改方の同心。鷹之介の剣友。

第一章　恋　衣

一

夏は過ぎ去ろうとしていた。

夜に吹き抜ける風は心地よく、土手の下草が揺れる様子も躍っているかのようだ。

虫の鳴く声も軽やかに聞こえる。

しかし、ここに息づくありとあらゆる生き物の中で、人間だけが和らぐ暑さに心乱されたか、怪しげな動きを見せていた。

「待て……」

ひとつの影が、前を行くもうひとつの小さな影を呼び止めた。

小さな影は射竦《いすく》められたかのように動きを止めた。無言である。

「おれから逃げようとしても詮なきことだ。そこで大人しくしていろ」

野太い声が風に乗った。

小さな影は観念したかのように、体を縮めた。

野太い声の主は、一歩また一歩、にじり寄った。

「ふん、手間を取らせよって……」

今しも影と影とが触れ合わんとした時であった。

「うむッ……！」

低い唸り声と共に、暗闇に土と草が舞い上がり、土手に足音が響いた。

小さな影が、相手の顔に目眩《めくら》ましを投げつけ、脱兎《だつと》のごとく駆け出したのである。

「おのれ！」

影が影を追う。

小さな影は素早かったが、みるみる距離を縮められた。

「手間をとらせよって」

野太い声が再び風に乗った時――、

〝ひゅッ！〟

と、風を斬って、さらにもうひとつの影が、割って入った。

「何奴！」

その影は、小さな影を守り、暗闇に白刃を煌《きら》めかせた。

「小癪《こしやく》な奴め……」

小さな影を巡って、影と影との血闘が始まった。

「斬って捨てる」

野太い声もまた白刃を煌めかせた。

影は一進一退を繰り返す。

その姿は明らかに見られぬが、互いに獣のごとき闘志と身のこなしを備えているのは、動きでわかる。

何度か刃金がぶつかり合う音が、荒い息遣いと共に聞こえた。

やがて低い呻《うめ》き声の後に、ズシリとひとつの影が倒れる音がした。

そして、暗黒の土手にいつもの静寂が戻った。

「愚かなことじゃ……」

男の嘆き声が、幽《かす》かに響いた。それは件《くだん》の野太い声ではなかった。

二

「まずは、おれがこう打つ！」

松岡大八《まつおかだいはち》が、気合を込めて太刀を振るう。

「ならば、わしはこのように受けて、こう返す……」

水軒三右衛門《すいけんさんえもん》が、軽やかに技を返す。

いずれも四十半ばの武士であるが、その太刀捌《さば》きには、毛筋ほどの乱れもない。

「う～む、大したものだ」

二人が見せる剣術の型を見つめながら、新宮鷹之介《しんぐうたかのすけ》が唸り声をあげた。

ここは、江戸赤坂丹後坂《あかさかたんご》。

三百俵取りの旗本・新宮家の屋敷に隣接する、公儀武芸帖編纂《へんさん》所内に設《しつら》えられた武芸場である。

小姓組番衆《こしょうぐみばんしゅう》を務めていた鷹之介は、時の将軍・徳川家斉《とくがわいえなり》から、

「滅びゆく武芸流派を調べよ」

との命を受け、武芸帖編纂所を新たに設立し、その頭取に就いた。

役所が新築され、柳生《やぎゅう》新陰流《しんかげ》の遣い手・水軒三右衛門、円明流《えんめい》の遣い手・松岡大八を編纂方として迎え、自らも鏡心明智流《きょうしんめいち》士学館《しがくかん》で相当に腕を鳴らした鷹之介は、公儀の期待に応えんと日々務めていた。

まず手始めに、滅びかけていた角野流《かどの》なる手裏剣術の行方を突き止め、その流儀を武芸帖に収めた。

そしてその後は、さらなる流派の発掘に努めつつ、時に今のように、各大名、大身旗本家から提出された武芸帖を紐とき、水軒三右衛門と松岡大八が演武してみせる日々が続いていた。

不遇な日々が続いたゆえに、さして中央剣界では名を上げられなかった三右衛門と大八であるが、卓抜《たくばつ》した技を持ち合わせている二人が型を演じると、名も知らぬ流派に伝わる型も、厳かなものに見えてくる。

鷹之介はその値打ちがよくわかるだけに、

「さすがは御両所、己が未熟を思い知らされてござる」

と、いかにも二十五歳の熱血漢らしく、素直に感じ入っているのだが、

「とは申せ、武芸帖に記された型をなぞっているだけでは埒《らち》が明かぬ。そろそろ、埋もれている武芸流派を捜し出さねば、我らの面目が立たぬというもの」

一方では、いささか焦燥《しょうそう》にかられていた。

確かに、武芸帖に記されている流派の型や技を再現して、その価値を確かめるのも編纂所の仕事ではある。

「この編纂所を訪れたならば、ありとあらゆる武芸の概容がすぐにわかる。そのようなところにしとうござる」

鷹之介は、日頃そのように熱く語っているのであるから、決して務めを怠っているわけではない。

だが、若い鷹之介には、このような暮らしが退屈でしかたがないのだ。

将軍家斉は、〝滅びゆく武芸流派〟の発掘を所望《しょもう》している。

これを華々しく見つけ、公儀の武芸帖に厚みを増やさねば恰好がつかぬではないか。

そもそも、番方《ばんかた》武士の花形である、小姓組番衆は、出世の道に近い役儀と言われ

てきた。

それが、いかに一部署の頭取で、役所まで与えられているとはいえ、公儀の主要な役どころから逸《そ》れてしまっていることは否めない。

新宮鷹之介、ここにあり――。

忘れられぬよう世間に知らしめたいと、彼は意気込んでいるのである。

とはいえ、水軒三右衛門と松岡大八の腰は重かった。

「まず頭取、そう焦っては、ことを仕損じまするぞ」

と、三右衛門は鷹之介を宥《なだ》める。

「そもそも、滅びかけている武芸などにろくなものはござらぬぞ。先だっても、ただ騒ぎばかりが大きゅうなって、苦労したではござりませぬか」

角野流手裏剣術の編纂にあたっては、武芸が繋《つな》いだ父と娘の絆に胸を打たれたものの、角野流そのものは、火箸、金串、釘など、暮らし向きに使う先の尖った道具を手裏剣代わりに打つという流儀で、取り立てて公儀の武芸帖に載せておくほどの武芸ではなかった。

流祖・角野源兵衛《げんべえ》は、香取神道流《かとりしんとう》に手裏剣を学んでいたし、流派を受け継いだ富《とみ》澤《ざわ》秋《あき》之《の》助《すけ》もまた、タイ捨《しや》流、立身《たつみ》流という武術で手裏剣技を学んだのであって、角野流によって手裏剣術を大成させたわけではない。

彼が三味線芸者との間にもうけた、娘・春《はる》に教え込んだのも、その流れで覚えた技を伝授したに過ぎないのだ。

角野流なる手裏剣術があるのを鷹之介に伝えたのは三右衛門であったが、富澤秋之助は既に死んでいて、娘の春は春太郎《はるたろう》という名の、うわばみのように酒の強い芸者になっていた。

おまけに、秋之助が生前、悪徳商人を金で請け負って殺害した一件が、武芸帖編纂の調査過程に絡んできて、結局は鷹之介が大暴れすることになった。

「まず、他の武芸を調べたとて、同じようなことが出来《しゆつたい》いたしましょうぞ」

焦らず、じっくりと次なる流派を捜すべきだと、三右衛門は言うのだ。

松岡大八は、鷹之介の気持ちを理解しつつも、

「確かに、三右衛門の言う通りですな。しばらくは様子を見ましょう」

と言って、もっぱら演武の方に気が入っていた。

武芸者の暮らしに嫌気がさして、一時は裏長屋に住み見世物小屋で居合抜きの芸

などをしていた大八である。

新材の香りがかぐわしい編纂所の御長屋に住まいを得て、しかもそこには武芸場が併設されてあるのだ。

武芸一筋に生きてきた男には、これほどの暮らしはない。

若く純情一途な新宮鷹之介を盛り上げてやりたい気持ちは大いにあるが、今はつい己が武芸の研鑽に夢中になってしまっているのである。

まったく苛々《いらいら》とするおやじ達だと思えども、二人に頼らねば、滅びゆく武芸の流派など調べがつかぬ鷹之介である。

三右衛門の言うことにも一理あるだけに、

――まず仕方あるまい。

外へ飛び出して、片っ端から武芸場を訪ね歩きたい衝動を抑えて、三右衛門と大八に付合っているのであった。

先代の孫右衛門《まごえもん》から仕える、新宮家の老臣・高宮松之丞《たかみやまつのじょう》は、若き当主・鷹之介が何を思っているか手に取るようにわかる。

「若い頃は何かと気が立って、これでよいのか、このままでは先行きが危ぶまれるのではないか、そのような想いに捉われるものにござりまする。さりながら、殿は最早、編纂所頭取の御役に就いておられまする。一手の将となった上は、まず焦ることのう、ずしりとして動かぬ貫禄を備えねばなりませぬぞ」

近頃は折につけ、このように若き主君を窘《たしな》める。

——大人というものはおもしろうない。

鷹之介はやさしい男である。家重代の忠臣ゆえに、耳を傾けぬわけにはいかず、

「うむ、よくわかっている。何事もお務め第一に思うゆえ、いささか気負いが出ているだけだ」

などと応えていたが、内心は辟易《へきえき》としていた。

隣地に立派な編纂所が建ち、そこの頭取となったのであるから、屋敷をもう一軒拝領したようなものではないか。新宮家の体面は十分保たれている。この先は、いかに恰好をつけるかが大事なのだ。

ここで、下手に武芸者の争いなどに巻き込まれては、あれこれ面倒であり、新宮家に傷が付きかねない。

松之丞の本音はというと、そんなところなのであろう。

若き血潮を漲《みなぎ》らせて、何かに向けて頑張ろうとすると、それを軽挙と諌《いさ》める。それが大人というものなのかと、鷹之介はどうも納得がいかなかったのである。

三

やる気はあれども、なかなか前へ進まれぬ――。

飛ぶに飛べぬ若鷹のごとき新宮鷹之介にとって、もどかしい暮らしが続く文政《ぶんせい》元年の秋であった。しかし、九月に入って、甘酒屋の儀兵衛《ぎへえ》が思わぬ客を編纂所に連れてきたことで、その退屈が少しばかり紛れることになる。

儀兵衛は、甘酒屋の傍ら火付盗賊改《ひつけとうぞくあらためかた》方の差口《さしぐち》奉公をしている。つまり町奉行所における御用聞き、手先の類《たぐい》だが、かつて水軒三右衛門に世話になったという縁で、近頃は何かというと編纂所にやってきては、町場の情報を語って帰るようになった。

今では若く純真な鷹之介に惚れ込んで、

「どんなことでも、あっしにお申しつけくださいまし、殿様の傍にいられるなら、これほどのことはござんせん」

などと言って、随分と肩入れをしてくれているのだ。

その儀兵衛が、

「あれこれ、縁があるようで、嬉しゅうございますよ」

と、連れてきたのは、大沢要之助《おおさわようのすけ》という若い武士である。

「おや、これはまた懐かしい……」

鷹之介は手放しに喜んで、要之助を編纂所の武芸場脇にある書院の一間に案内した。

要之助は御先手組《おさきてぐみ》同心の息子で、桃井春蔵直一《もものいしゅんぞうなおかず》が師範を務める、鏡心明智流士学館で共に剣を磨いた相弟子であった。

三年前に父と死別し、火付盗賊改方の同心として加役に就いたので、なかなか道場に通えず、いつしか鷹之介と顔を合わせることもなくなっていた。

それが儀兵衛を通じて、鷹之介の武芸帖編纂所での活躍を知り、

「とにかく、お訪ねせずにはいられなくなった次第にござりまする」

と、いうことであった。

歳は鷹之介の一つ下で、気性も似通っていたので、道場で会うといつも竹刀を交

じえ、あれこれ語り合ったものだ。

御目見得《おめみえ》以下の同心であるからと、要之助はいつも鷹之介を立て、一つしか変わらぬというのに、兄のように慕っていた。

「小姓組にいようが、編纂方の頭取になろうが、いつでも訪ねてくれたらよかったのだ」

「そうさせていただこうとは思っていたのですが、少し間があくと、何かきっかけがのうては、訪ねにくうなりまして」

「そのようなものかな。これは儀兵衛親分に礼を言わねばならぬな」

部屋の端にいて目を細める儀兵衛を見て、鷹之介は頬笑《ほほえ》んだ。

「そんな、とんでもねえ……」

儀兵衛は恥ずかしそうにして畏《かしこ》まったが、日頃より新宮鷹之介の噂をしていることの表れである。

すっかりと世間から忘れられているのではないかと思っている鷹之介には、それが嬉しかった。

「武芸帖編纂所とは、さすがは上様でござりますな。我らの考えが及ばぬところでござる」

「そうかもしれぬが、一人、離れ小島に置いていかれたような気がする」

「いや、二六時中、武芸にいそしんでいられる、鷹様にはお似合いの御役ではござりませぬか」

要之助は、道場で顔を合わせていた頃の呼び方そのままで、言葉に力を込めた。何ごとにも前向きで爽やかな若者という点では、鷹之介もひけは取らないが、今はどうも要之助の方に勢いがある。

さぞかし、火付盗賊改方での暮らしが充実しているからであろう。

鷹之介は、そんな風に思ってはならぬとわかりつつ、つい己が暮らしを嘆いている自分に気付き、

「似合いの御役か。確かにそうだな。うむ、要さんの言う通りだ。ありがたいことだな。喜ばねばならぬ」

自分に言い聞かすように言った。

やり甲斐のある役儀であるのはわかっているのだが、そのやり甲斐をどこに見出すかがよくわからないのだ。

「とはいえ、何分今まで誰も務めたことのない御役ゆえ、何をすればよいのかようわからぬ。要さんの智恵も借りたいものだな」

鷹之介は素直な想いを伝えた。

もう少し早く気付くべきであった。気の置けぬ友も自分にはいたはずで、恰好をつけずに訊ねれば、新たな道も見えてこよう。

「わたしの智恵などたかが知れておりますよ」

問われて、要之助は嬉しそうに頭を搔くと、

「それよりも、この度はひとつ、お訊ねしたいことがございまして……」

身を乗り出した。

「おれに訊きたいこと？」

「はい。実は先頃、火付盗賊改方の同心が、柳原《やなぎわら》の土手で何者かに殺害されたのでござりまする」

「要さんのお仲間が？　それはまた不届きな者もいたものだな」

「いかにも……」

「それは、捕物の最中に起こったことなのかな」

「いえ、それが定かではないのです。ある朝、手傷を負って倒れているのが見つかりまして」

「そっと何かを探索していたところ、賊に襲われたのかもしれぬな」

「或いは、見廻りの最中に、何かの騒ぎに巻き込まれたのかもしれませぬ」

悔しそうに、要之助は整った顔をしかめてみせた。

殺害された同心は、宮島充三郎《みやじまみつざぶろう》という、なかなかの武芸達者であったそうな。歳は三十。未だ嫁も迎えず、役儀一途であった。まだ独り身であったのが唯一の救いだと、火付盗賊改方の者達は大いに嘆いたと要之助は言う。

「要さんとは仲がよかったのか？」

生来、やさしい気性の鷹之介は、しんみりとして問うた。

「我らの組は、各々がことにあたっているゆえ、取り立てて共に酒を酌み交わしたというほどの付合いもござりませなんだが、宮島さんには一度、危いところを助けてもらった恩があるのです」

四

まだ、大沢要之助が加役に就いたばかりの頃。

火付盗賊改方では、数年来追いかけていた盗賊一味の捕縛に力を入れていて、ある夜、一味の隠れ家となっていた船小屋を急襲した。

武芸には覚えがある要之助は、突入するや、大振りの十手で賊達を次々に叩き伏せたものだが、まだ屋内の争闘に慣れておらず、ふと一息ついたところを、天井裏から狙われた。

「危ない！」

その時、要之助の体を押しのけて天井からの一刀を外すと、宮島は電光石火の早業で、賊の懐に飛び込んで、見事に足払いをかけ取り押さえたのである。

この時、宮島は肩に手傷を負っていた。

「忝《かたじけの》うござりまする」

要之助は、己が未熟を恥じて、深々と頭《こうべ》を垂れたのだが、

「次は、おれを助けてくれ」

宮島は、ただ一言そう告げただけで、肩の傷も何のその。そのまま捕物の騒擾《そうじょう》に再び身を投じたのであった。

その後は役所で顔を合わせても、宮島は黙って会釈するだけで、要之助を助けたことなど忘れてしまったかのように振舞った。

要之助には、それが何とも頼もしく映り、

——こういう人こそ、百戦練磨の兵というのであろう。

憧れも含めて、敬意を表してきたのだ。


「なるほど、宮島充三郎殿は、要さんの命の恩人であり、心の師ともいえる男であったわけだな」

鷹之介は話を聞いて大いに感じ入った。

要之助は、神妙に頷いてみせた。

「きっと、宮島さんの仇を討ってやろうと、思っているのですが、なかなか手がかりが摑めませぬ」

「う〜む……。おぬしのことだ。何とか助太刀をしてあげたいが、火付盗賊改方で手がかりが摑めぬものが、この鷹之介にわかるはずもない。何かできることはないか」

「さて、それでござる……」

要之助は、姿勢を正した。

「宮島さんを討った者の太刀筋から、そ奴が何者であるのか、見当がつくのではないかと思いまして」

「ほう、それはまた、下手人は見慣れぬ技を遣ったむきがあるというのかな」

鷹之介は俄然、興をそそられた。

要之助の意図がわかったからである。

つまり、宮島充三郎の死体を検分すると、通常の斬り合いで受けたとは思えぬ傷が、彼の体に遺されていたのであろう。

武芸編纂所に問い合わせれば、そ奴がどのような武芸を修めているかわかるのではないか。

また、その系統を辿《たど》るうちに、下手人の姿が見えてくるはずだ。

要之助は、それを自分に求めているのである。

武芸編纂所は、咎人《とがにん》の太刀筋を見極め、その捕縛に有意義な情報を伝える役割も担えるはずだ。

鷹之介はますます嬉しくなり、練達の士の風情を醸《かも》しつつ、

「して、いかなる傷を負っていたのだ？」

「それが、首に刺し傷が」

「首に？」

鷹之介は頭を捻った。

首筋を斬られたというならわかるが、突かれたというのは珍しい。

「宮島殿は、背が低かったとか？」

「いえ、六尺近くの大兵でござる」

「突かれたのは、どの辺りかな？」

「左の耳の後ろ辺りにて」

「う〜む……」

「しかも、ただ一突きにて。おかしゅうござりましょう」

要之助は、そこが解《げ》せぬのだと頷いた。

大兵の士の左耳の後ろ辺りを刀で突くというのは、なかなか容易ではない。

「宮島さんは、火盗改の中でも随分と腕が立つ人でござったものを、ただその一突きで殺されたのは奇っ怪至極」

「正《まさ》に奇っ怪……」

たとえば、足を払われて、前のめりになったところを突いたのが、たまたま宮島の左耳の後ろ辺りに刺さったというならわかる。

だが、足を斬られた形跡もなく、ただ一突きというのは理解に苦しむ。

激しく斬り合っているのだ。狙いすましてその辺りを刺すというのはまずありえない。

首は致命的な傷を相手に与えられる場所であるものの、刀を繰り出した時、命中する確率も低い。

相手は動いているのだ。むざむざとは刺されまいし、外すと今度は自分の方が不利になる。

ここは、ごく自然に斬り合いの中で生まれた必殺の一撃であったと解釈するのが賢明であろう。

しかし、鷹之介にもすぐに浮かんではこなかった。そのような太刀筋、型があるのだろうか。

そして、わからぬことが、鷹之介の血を熱くさせた。これを解明するのが、武芸帖編纂所の務めであるはずだ。

大沢要之助は、儀兵衛を通して、かつての相弟子・新宮鷹之介の噂を聞いて会いたくなって訪ねてきたと言ったが、まずこれを訊きたかったに違いない。それは鷹之介にとって望むところであった。

「心得た。下手人はいかにして宮島充三郎を倒したか、まず考えてみよう」

鷹之介は低い声で言った。

「そうしてくださいますか」

要之助の声が弾んだ。

「そんなことは、火付盗賊改方で考えればよかろう」

と言われれば、それまでの話であるが、さすがに新宮鷹之介は熱血漢だと、彼は嬉しかったのだ。

「要さんの命の恩人が殺されたのだ。関わりがない、ではすませられまい」

鷹之介はにこりと笑った。

「忝《かたじけの》うございまする」

要之助は、威儀を改め礼を述べると、

「是非近いうち、わたしの屋敷へお越しくださりませ」

彼もまた頰笑んだ。

以前鷹之介は何度か、大沢家の屋敷を訪ねたことがあった。要之助はそれを懐かしんだのである。

「そういえば、麻布《あざぶ》の組屋敷にも長いこと行っておらぬな」

鷹之介はしみじみと言った。

赤坂の新宮家屋敷とは、ほど近くにあったので、以前は稽古を終えた勢いで、よく訪ねたものだ。

「この度の一件を報せがてら、一度訪ねるといたそう」

「真にございまするか？」

「ああ、まず遣いをやるゆえ、よき日を教えてもらいたい」

「畏《かしこ》まりました」

かつての剣友とあれこれ話すうちに、鷹之介の胸の内も和んできた。

武芸帖編纂所を任された時は、出世の道を閉ざされたと落胆したが、やがてそこに生きる意義を見つけた、鷹之介であった。

それでも、この御役をいかに務めればよいか思い悩んでいただけに、大沢要之助のおとないは真にありがたいものになった。

——これも儀兵衛のお蔭だな。

その甘酒屋の儀兵衛は、既に編纂所を辞していた。

昔馴染の会話を邪魔してはならぬという配慮であろうが、そういう気遣いとほどのよさが心地よい。

「屋敷へ参れば、御新造《ごしんぞ》殿に会えるのかな」

そういえば、もう妻は娶《めと》ったのかと、要之助に問うてみると、

「鷹様と同じですよ。妻を娶る間もございませなんだ」

「左様か……」

「その代わり、美津《みつ》がおります」

「おお、妹の美津殿か」

「これもまだ嫁しておりませぬ。行かずもらわず、真に甲斐性がござらぬ……」

要之助はふっと笑って、

「お越しいただければ、美津も大いに喜びましょう」

満面に笑みを浮かべた。

自分を兄のように慕ってくれる要之助に、しっかりと貫禄を見せたい鷹之介であったが、返す笑顔には少しばかり心の揺れが浮かんでいた。

五

「なるほど、左耳の後ろ辺りを一突きにして殺害した……。これはなかなかできぬことでござるな」

水軒三右衛門は腕組みをした。

大沢要之助が武芸帖編纂所を出ると、鷹之介は早速、三右衛門と松岡大八を武芸場へ呼んで、件の事情を伝えて検証してみた。

しかし、老練の三右衛門も鷹之介と同じく、その様子が推量出来なかった。

大八もまた、あれこれと剣の型に想いを馳せてみたが、心当りはなかった。

まず二人共に、そのような一撃で人を倒したこともなかったし、

「いささか、むごたらしい技でござりまするな」

気のよい大八は、顔をしかめたものだ。

「我を忘れて斬り合ううちに、たまさか首筋に突き立った、そんなところであろうよ」

三右衛門が言った。

「たまさか、のう」

大八は、これには納得がいかない。

「殺害されたのは火付盗賊改方の手練《てだ》れであったのだぞ。たまさかが通じる相手ではあるまい」

「ならば訊くが、ふと気がつくと勝っていた、そんなことが今までなかったか」

「それはあった」

「で、あろうが」

「だが、首を突いて勝ったことなどはない。宮島という同心は、おれくらい上背があったというではないか。それをどうやって突くのだ」

老剣士二人のやり取りはしばし続いたが、

「お前もわからぬ男よの」

三右衛門が業《ごう》を煮やして、袋竹刀を取って立ち上がった。

「おお、何か型があるというのか」

大八もこれに倣《なら》う。

「型などない。たまさかの技だと言っているであろうが」

「それがわからぬ！」

「まず、二人共、落ち着きなされい」

困ったおやじ達だと、鷹之介が窘める。

三右衛門は苛々として、

「大八、壁の一間《いっけん》前に立て」

「こうか」

「それでよい」

三右衛門は袋竹刀を肩に担ぐようにして構えると、つかつかと大八の傍へ寄り、

「こういうことだ！」

まず壁へ駆け、跳躍すると壁を蹴って、その反動で高々と宙に舞い上がると、大兵の大八の首筋に上から一刀を見舞った。

「ならばこうだ！」

大八は、それをいとも容易《たやす》く下から撥《は》ね上げた。

三右衛門はストンと着地すると、

「なるほど、そうか」

低く唸った。

「ああ、そういうことだ」

大八は得意げに言った。

鷹之介は目を丸くして、

「そういうこととはいったい……？」

まじまじと二人を見た。

初老を過ぎた男とは思えぬ動きに、ただただ圧倒されてしまったのだ。

「大したことではございませぬ」

大八は、何度も頷きながら、

「背の高い者は、自ずと上からの動きには応じ易いものでございましてな。いくら修行を積んだ忍びの者とて、斬り結びながら跳び上がるのにはきりがござる。じゃによって、上からの攻めに練達の者が後れをとることはまずないと存ずる」

身振り手振りを交じえて説いた。

三右衛門は、少し悔しそうな顔をして、

「だが、そうと決まったわけでもあるまい。たとえば木の上に潜んでいて、脇差を俄《にわか》に投げ打ったとすればどうなる」

詰《なじ》るように言った。

「何だと、木の上から脇差を投げ打つだと！」

「ああそうじゃ。それがたまさか首に突き立ったのじゃ」

「う～む……、それは考えられるな」

「それみろ」

どうも二人のやり取りは子供じみている。

「しかし、それもどうであろう……」

鷹之介は、話に割って入った。

「大沢要之助の話では、首の傷はやや斜め上から突き立っていたとか。木の上からでは、肩に突き立つくらいがよいところではないかな」

「そうだそうだ。さすがは頭取、目の付けどころが違いまするな」

大八が、これに勢いを得た。

「では、その同心を殺害した者は、我らが思いもかけぬような技を持ち合わせていることになるのう」

三右衛門は、からかうように言った。

武芸の修行に生きてきた大八は、

「思いもかけぬ……」

などという言葉を使われると、ついむきになってしまう。

「思いもかけぬ技？　そんなものなどあって堪《たま》るものか」

三右衛門に食ってかかった。

「ならば、やはり、たまさか首に刃が突き立ったのであろうよ」

三右衛門はニヤリと笑った。

「たまさかということがあるものか!」

「ならば、何流を遣う者であろうのう」

「今はそれを考えておるのだ。三右衛門、おぬしは面倒なことは考えず、酒でも飲んでいたいのであろうが、おぬしもおれも編纂方として、住まいも月三両の金も賜っているのだぞ、もっと真面目に考えろ」

それからも、二人の武芸者は言い争いながら、宮島充三郎がいかに殺害されたかを、検証し続けた。

鷹之介もその間に立って智恵を絞ったが、なかなかこれというものが浮かんでこなかったのである。

六

大沢要之助のおとないを受けた七日後。

新宮鷹之介は、赤坂丹後坂の屋敷を出て、南部《なんぶ》坂を下り、麻布市兵衛町《いちべえちょう》の東にある御先手組屋敷へと出かけた。

この日、要之助は昼から組屋敷内の自邸にいるとのことで、先日の約束通り訪ねたのである。

かつての剣友を気軽に見舞う形をとり、供も中間《ちゅうげん》の平助《へいすけ》一人を連れていくだけにしたのだが、鷹之介の足取りはどうも重たかった。

件の同心殺しについての有意義な考察を持っていけないのが、何とも面目なかったからであるが、もうひとつ、鷹之介の胸の内を騒がせる理由があった。

要之助を訪ねれば、その妹・美津に会うことになる、それが面映《おもは》ゆいのだ。

久しぶりに要之助と言葉を交わして、美津の名が出て、ふと、ある思い出が蘇った。

もう十年くらい前になるであろうか、要之助と共に桃井春蔵の門下で剣術の稽古に励んでいた頃。

鷹之介は、よく要之助の屋敷に立ち寄った。

要之助の屋敷は、同心職のこととて、三百俵取りの新宮家の屋敷に比べると真に小体なのだが、それでも百坪からの広さがあり、小庭にはよい具合に白洲があり、ここで型の稽古や、ちょっとした立合《たちあい》が出来た。

要之助は、道場の稽古場ではなかなか鷹之介から一本を取れないので、

「鷹様、我が屋敷でもう一度だけ立合うてくださりませ」

何かというと稽古をねだった。

鷹之介は、自分を慕ってくれる要之助には、いつも否とはいえず誘われるがままに立ち寄った。

白洲での立合は、いつも鷹之介が勝利した。

生来心やさしき鷹之介は、三度に一度は手加減をして一本譲ってやるのだが、それはすぐにわかるらしく、

「お願いですから、負けてやろうなどとは思わないでください」

強く願うので、鷹之介も手を抜けなかったのである。

勝ってしまうから、要之助はまた立合をねだることになる。

道場でも屋敷でもそれは続いた。

だが、そのうちに鷹之介は、大沢屋敷での稽古に密かな楽しみを見つけるようになった。

要之助の妹・美津と言葉を交わす一時である。

同心の家である。

旗本の屋敷などと違って、表も奥もなく、鷹之介に茶菓を運ぶのは、いつも美津の役目となっていた。

「鷹之介様は、ほんにお強うござりますこと……」

美津は、兄と客人の稽古を覗き見ては、黒い大きな瞳を丸くして、鷹之介に向けてきたものだ。

時には、持ち前の利かぬ気を出して、

「わたくしも、強うなりとうございます」

と、自分も木太刀をとって鷹之介に稽古をねだって、要之助に窘められていたのだが、

――妹か。よいものだな。

兄弟のいない鷹之介には、快活な美津を持て余す要之助の様子が頬笑ましく、羨ましく映った。

そんなある日のこと。何ゆえにそうなったかは忘れてしまったが、美津と二人だ

けになった時があり、

「おれにも、美津殿のような妹がいれば楽しいのだが……」

鷹之介はふっと、そんな言葉を口にした。

すると、美津は何やら哀しそうな表情を浮かべて、

「妹、でござりまするか……」

と、応えた。

そしてその時。

今思い出しても、何故あんなことを言ってしまったのか、自分自身わからぬが、

「妻になってくれたら、もっと楽しいかもしれぬな」

という言葉が口を衝《つ》いた。

あの時、美津はまだ十三くらいであったはずだ。

それがその刹那《せつな》、ぱっと顔を赤らめた様子が、少年であった鷹之介には、何やら妙になまめかしく見えて、くだらぬことを言ってしまったと悔やんだのを覚えている。

「鷹之介様は、ひどいお方でござります」

美津は、嬉しそうな顔をしつつ、確かにそう言った。

そして、要之助が戻ってきて、美津はそそくさと、その場から下がっていった。

「ひどいお方……」

とは、どういう意味であったのだろう。

「おからかいになるとは、ひどうござりまするぞ」

きっとそう言いたかったのであろうと、鷹之介は解した。

決してからかったわけではなかった。

鷹之介とてまだ十六、七で、剣術のことしか考えていない、ほんの子供であったが、美津を、妹のように思っていたのが、ふっと恋心に変わっていたのかもしれない。

それからは、美津もあれこれと習いごとに忙しくなり、鷹之介と要之助も大人になるにつれて、こなさねばならぬ家事も増え、大沢屋敷で集う日は少なくなっていった。

要之助は若くして父の死に伴って御先手組同心として跡を継いだ。鷹之介も十三の折に父・孫右衛門が謎の斬り死にを遂げた後は既に当主の座にあり、いよいよ出仕することになり、なかなか会う機会もないまま今に至った。

最後に美津を見たのはいつであったろうか。

詳しい日時は忘れてしまったが、大沢屋敷に入る時に習いごとに向かう美津とすれ違ったのを覚えている。

その時の美津は、もうすっかり大人で、たおやかな立居振舞に包まれていた。

鷹之介に気付くと、

「これは、お越しにござりましたか……」

ぽっと顔を赤らめた。

その時の表情は、

「鷹之介様は、ひどいお方でござります」

と言ったあの日を彷彿《ほうふつ》とさせるものであった。

鷹之介は、何と言葉をかけてよいかわからずに、確かあの時は、

「息災の由《よし》。何よりでござる」

などと言ったはずである。

真に、野暮な言葉であった。

ほんの少し見合って別れてから、何年たったのであろう。

日々の忙しさに、若き日のほのぼのとした思い出は、次々と押し潰されていった。

ただ己が剣術の腕を上げるだけで満足を覚えた頃は、もう夢にも出てこない。

小姓組番衆として、将軍・徳川家斉《いえなり》の鷹狩に警護として侍《はべ》り、父・孫右衛門《まごえもん》は謎の斬り死にを遂げた。

孫右衛門が成し得なかった事績をあげる、それが父の無念を晴らすことである。

そう心に誓ってからは、淡くほのぼのとした思い出が次々と記憶からとんでいった。

その上に、武芸帖編纂所頭取などという役職を任されて、希望と失望が代わる代わる訪れる日々が続けば尚さらだ。

しかし、久しぶりに大沢要之助に会い、とっくに嫁しているであろうと思っていた美津が、未だに大沢屋敷にいると聞いて、凍りついたあの日の記憶が一気に融け始めた。

要之助に問われた、宮島充三郎の死因への興と共に、それを伝えに彼を訪ねれば美津と再会することになる。その期待が恥ずかしさを含みながら、鷹之介の胸の内を揺らしていたのである。

——いかぬいかぬ。美津殿に会いに行くのではない。先だっての同心殺害についての考えを報せに行くのである。

生真面目な鷹之介は、美津の思い出を辿るのをやめて、唇を引き結んだ。

供の平助が頬笑んだ。

彼は、何やら考えごとをしている鷹之介の表情を、そっと窺い見るのが好きであった。

あまり無駄口は叩かず、鷹之介の想いを斟酌《しんしゃく》出来るのが彼の身上であり、それゆえ鷹之介は今日の供に選んだ。

今の鷹之介には考えたいことが山ほどあったのである。

御先手組屋敷街に入ると、自ずと鷹之介の足は大沢屋敷へ向かっていた。

木戸門越しに銀杏《いちょう》の木が覗いている。それが目印だ。

前に立つと、気配を覚えたのか、要之助が飛び出してきて、

「わざわざのお運び、忝うございまする。美津も、今か今かと待ち兼ねておりました」

と、いきなり妹の名を口にした。

七

もうとっくに二十歳を過ぎたであろうに、美津はまったく変わっていなかった。もちろん、大人の女の落ち着きは随所に見られて、あれからの歳月を感じさせたが、軽やかに茶菓を供して、

「お久しぶりにござりまする」

一通りの挨拶をすませると、

「武芸帖編纂所というお役所の頭取にお成りになられたとか。ほんにご立派になられて、兄と共に低い鼻を高《たこ》うしております」

からからと笑った。

快活な様子も昔のままで、鷹之介はほっとさせられた。

かつて、

「妻になってくれたら、もっと楽しいかもしれぬな」

などとくだらぬことを言った思い出が心に引っかかり、それが今となっては恥ずかしくて仕方がなかったが、それも若い頃の言葉遊びのようなものだと思わせてくれる明るさが充ちていた。

「立派になったなどとはとんでもない。まず武芸帖の編纂は、あいつにでもやらせておけばよいというところでござろう」

鷹之介も昔変わらぬ物言いで応え、すっかりと寛《くつろ》ぐことが出来た。

「何やら大事なお話があるようでございますから、わたくしは下がっております。ご用があればお呼びくださりませ」

美津はすぐにその場を去った。

ほどよい応対が、鷹之介をさらにほっとさせた。

「美津は、裁縫の腕を上げましてな。近頃では縫い子を集めて教授いたしております」

要之助は、少し決まりが悪そうに言った。

「大したものではないか。なるほど、教授を請われて、なかなか嫁に行く間もなかったというところかな」

「まず、そのようなところで……」

「何やら、あの頃に戻ったようだ」

「はい……」

二人は、庭の白洲に目をやりながら、しばし思い出に浸ったが、

「いや、ただ遊びに来たのではなかった」

鷹之介は、我に返って、

「先だっての話だが……」

と、火付盗賊改方同心・宮島充三郎の死についての考察を述べた。

「面目ない話だが、武芸の筋から見て、特に思い当るものはない。それが武芸帖編纂所としての意見でござる」

鷹之介は、頭取として威儀を正した。

武芸帖編纂所の意見といっても、水軒三右衛門、松岡大八とで、ああだこうだと語り合っただけのことなのだが、ここは兄貴格としてもったいをつけておきたかった。

あれからも三人で、実にかまびすしく議論を戦わせたが、やはりこれといった型

も技も浮かんでこなかった。

そうなると、大八がいくら異を唱えようとも、無我夢中に戦ううちに、偶然首に突き立ったと考えるしかない。

または、不意を衝かれて、屈んだところを刺されたのかもしれぬ。

結局は、そこに落ち着くしかなかったのだが、

「どうもすっきりとせぬゆえ、引き続き考えてみたいと思うてござる」

鷹之介は丁寧に説明をした。

「畏れ入りまする」

要之助は恐縮の体《てい》で頭を下げた。

「火付盗賊改方でも、今はそのように捉えておりまするが、わたしは、今鷹様が申されたように、もしかすると、不意を衝かれたのではなかったかと考えておりまする」

「うむ、たとえば、顔見知りの者と、夜密やかに会うて話をしていた時に、騙し討ちにされたとか……」

鷹之介はそれが一番考えられると見ていた。だが、泣く子も黙る火付盗賊改方で

ある。

「ははは、そんなことは、そちらの方が百も承知でござろうな」

口はばったい物言いをしたと、今度は鷹之介が恐縮をした。

「いやいや、お蔭で見当がつけやすうなったというものです」

要之助は、とんでもないことだと頭を振ったが、

「さりながら、火付盗賊改方同心が騙し討ちに遭ったとなれば、外聞が悪うございまする。上はそれは認めとうはないところでございましょう」

神妙な顔をした。

「それはようわかる」

鷹之介は相槌を打った。

騙し討ちに遭ったということは、日頃から気を許している者が、宮島殺害に関わっていたのかもしれない。

となれば、下手人は火付盗賊改方の身内にいることも考えられる。

それは絶対にあってはならないのだ。

「無論、この一件については口外せぬゆえ、心配なきように」

鷹之介は、低い声で言った。

「忝うございまする」

要之助は満足そうな表情を浮かべて、

「面倒な話を持ち込んで、申し訳ございませぬ」

つくづくと礼を言った。

「実のところ、こんなに早く、鷹様がお訪ねくださるとは思いもよりませなんだ」

「すぐには考えつかぬゆえ、まず訪ねて断りを入れておかねばならぬと思うたのだ」

「そんな義理堅いところが、あの頃のままで、それが嬉しゅうてなりませぬ」

「人の気性というものはなかなか変わるものではないようだ」

「それは、わたしも同じでございまする」

「どのようなところが変わっておらぬのかな」

「はい。鷹様と話していると、あれこれねだりとうなります」

「何か他に、ねだりたいとでも？」

「いかにも」

「さて、何であろう……」

「あれにて、一勝負、願いとうござりまする」

要之助は、悪びれずに庭の白洲を見ながら言った。

「おお、ひとつやるか」

鷹之介は楽しそうに応えた。

「よろしいので？」

「実はおれも、白洲を眺めているうちに、思い出していたのだよ」

「ありがたい！　では、素面でよろしゅうござりまするか」

「うむ、籠手《こて》、胴、垂《たれ》はつけるとしよう」

「はい、くれぐれも……」

「手加減はするな、であろう」

「はい！」

「要さんも今では、火盗《かとう》の猛者《もさ》だ。手加減などすれば手痛い目に遭おう」

「いや、武芸帖編纂所頭取は、武芸の腕を認められてこそと存じまする。こちらは死に物狂いで参りましょう」

「おいおい、素面で立合うのだ。それこそ首筋を突かれては堪ったものではない」

二人は笑いながら、手慣れた手付きで、袴の股立《ももだち》を取り、襷《たすき》を十字に綾なすと、大沢屋敷にある防具を、面を除いて身に着けた。

首から上は狙わぬのが、ここでの勝負の約束ごとである。

仕度が出来ると、足袋はだしで白洲に降りて向かい合う。

最後の勝負から、もう五、六年もたっているが、二人は息もぴったりに、竹刀を手にして対峙していた。

「まるで昨日のことのようだな」

「まったくもって……」

「ようし、始めよう」

「いざ！」

二人は、相青眼《あいせいがん》で間をじりじりと詰めた。

——腕を上げたな。

あの頃とは、構えの重みが違う。

鷹之介は嬉しくなってきた。

思えば、久しぶりの立合であった。

武芸帖編纂所には、父子ほども歳が違う二人の武芸者がいて、時に型稽古をつけてくれているが、立合はまったくしていなかった。

まだ編纂所が建っていなくて、水軒三右衛門が新宮家に寄宿していた頃。

三右衛門が鷹之介の師・桃井春蔵直一《なおかず》をこき下ろし、頭にきた鷹之介が、袋竹刀を手に立合を迫った。

その折は三右衛門に、足捌《さば》きだけで打つ技をことごとくかわされ、何も出来ぬまま喉許にぴたりと竹刀の先を突きつけられた。

それは、まるで赤子の手をねじるがごとき敗戦で、その後は三右衛門と同じような実力を備える松岡大八と共に、

「ちと、稽古をつけてくだされ」

などとは気軽に言えぬ日々が続いていた。

稽古にもならぬほどの腕の違いを見せつけられたからだ。

だが、要之助はそうではない。

「えいッ！」

誘いをかけて、ぐっと半歩踏み入れると、

「やあッ！」

要之助は、手許を浮かすことなく、右へ回り込んで間合を保つ。

その動きから察するに、要之助の腕は自分と同等と思われた。

――いや、もしかすると、自分より少し上手ではないか。

剣術においては、そういう相手との立合が、何よりも楽しいものなのだ。

鷹之介は手首をしならせて、要之助の竹刀を巻き上げた。

その刹那、要之助は後ろへ身を引いて、鷹之介との間合を切った。

鷹之介は、にこりと笑った。

誘いに乗らずに、さっと間合を取り直すなど、なかなかやるではないか――。

無言の内に、その想いを伝えたのだ。

要之助はそれがわかるゆえ、彼もまた表情を明るくして、左足に溜めた力を一気に躍動させた。

前へと出た要之助の竹刀は、恐るべき遠間から、鷹之介の胸突きに伸びた。

「えいッ！」

そのまま、捉えるかと思われたが、

「うむッ！」

鷹之介は体をのけぞらせつつこれをよけて、さらに退がり際に、

「とうッ！」

と、ばかりに竹刀を右に倒すようにして、手首の返しだけで、要之助の右小手を打った。

「参った……」

防具の籠手が、〝パンッ〟と好い音をたてたと同時に、要之助は顔をしかめて脱力した。

「この度もまた、この要之助の負けでござる……」

鷹之介は、大きく息をついて、

「いや、苦し紛《まぎ》れの一刀が小手に当っただけだ。あれだけ遠い間合から打ってくるとは思いもかけず、随分と肝を冷やしたよ」

要之助の上達を称《たた》えた。

「何が苦し紛れなものですか。鷹様は、わたしの手が伸び切ったところを、しっか

り見はからって小手に斬った……。わたしも、あれから少しは腕を上げたつもりでしたが、鷹様はその上をいかれてござった」

要之助は、素直に負けを認めたが、その表情は生き生きとしていた。

「一度でいいから、この白洲で鷹様に勝ちとうござりまするな」

「そうか、それならばまた訪ねるとしよう」

鷹之介はつられてそう応えていた。

今の立合が実に楽しかったこともあるが、先ほどから廊下の隅より庭の様子をそっと窺っている、美津の姿が美しかったからかもしれない。

八

「平さん、このところ殿は、よく御先手組の屋敷へお出かけのようだが、何か理由でもあるのかい?」

新宮家の若党・原口鉄太郎《はらぐちてつたろう》は、少し詰るように、中間の平助に訊ねた。

鷹之介が大沢要之助の組屋敷を訪ねてから十日がたった。その後も彼は、士学館で剣術を日々学んでいた頃に戻ったように、大沢屋敷へ二度出かけていた。

要之助とて務めがある。

それゆえ、彼が屋敷にいる時に訪ねねばならぬわけであるから、足繁く通っているといってよかろう。

その折は、いつも平助だけを連れていくので、供のお呼びがかからぬ鉄太郎は、どうもおもしろくないのである。

平助は、前述のごとく無駄口を利かない男である。だからこそ、白洲で勝負をしたり、妹の美津と楽しそうにあれこれ世間話などしている様子を窺い見たとて、それを人に告げたりせぬであろうと思って、鷹之介は毎度平助一人を供に連れていくのだが、

「これは何かある」

鉄太郎にしてみれば、やたらと気にかかるのだ。

「いや、何か理由といっても、あっしなんぞには、よくわからねえですよ」

平助は、やはり多くを語らない。

鷹之介を待っている間、庭の方から時折勇ましいかけ声が聞こえてくるから、

「何か頼みごとをされて、そのことでお出かけのようですが、ついでに剣術のお稽古をつけてさしあげているようで」

と、だけ告げた。

「まず、昔馴染の御方ゆえ、殿も何かと肩入れをなされておいでというわけか」

「そんなところでしょうよ」

「う〜む、昔馴染ゆえ、あまり供を引き連れず気軽に訪ねたい、か」

鉄太郎は、そのように解釈したが、何やら秘密めいていて、その場に行けない自分が、もどかしくてならなかったのである。

同じように、老臣・高宮松之丞も、このところの鷹之介の大沢屋敷への外出を憂慮していた。

不慮《ふりょ》の死を遂げた先代・孫右衛門の代から新宮家を取り仕切ってきた自負がある松之丞である。

鷹之介の動きが気になるのは、鉄太郎どころではない。

早くに父を亡くした後、桃井春蔵門下にあって、士学館で大いに腕を鳴らした鷹之介に鼻高々の松之丞は、時に士学館へ鷹之介の送り迎えをしていたので、何度となく大沢要之助とは顔を合わせていた。

それゆえに、彼の人となりはよく知っていた。

少年期の鷹之介が、請われるがままに大沢家に足を運び、要之助と白洲で一勝負をするのを楽しみにしていたことも、よく心得ていたのだが、

——それはまだ出仕もなさらずにおいでの頃の話。今となっては、御旗本で武芸帖編纂所を取り仕切られる身が、同心の組屋敷にそう易々とお出向きになられるのはいかがなものか。

訪問が二度、三度と重なると、松之丞も体面を気にし始めた。

頼みごとがあるならば、編纂所に大沢要之助の方から出向いてくればよいことではないか。

そんな想いがもたげてくるのである。

平助だけを連れて、いそいそと出かけるのが、彼にはどうも気に入らなかった。

心配性の松之丞は、早速、今の大沢要之助について心当りを聞いてみたのだが、要之助自身は務めようも申し分なく、清廉潔白で正義に充ちた人となりは誰もが認めるところであるという。

主君・新宮鷹之介と似ているだけに、相弟子同士気が合うのであろう。

武芸帖編纂所頭取を拝命してからは、水軒三右衛門、松岡大八という老剣士と顔をつき合わせていて、小姓組番衆の頃のように、同僚と語らう一時もなくなった。

それゆえ、大沢要之助を訪ねることが鷹之介にとって随分と骨休めになっているのに違いない。

だが、気になることがひとつ――。

要之助には妹がいるという。

兄・要之助に似たはっきりとした目鼻立ちで、肉付きがよくふくよかな姿は、周りの者をほっこりとさせる美しさに溢《あふ》れているらしい。

ところが二十歳を過ぎているというのに未だ嫁していない。

裁縫の腕が抜群で、それが婚期を遅らせているそうだが、話を聞けばますます気になってくる。

――もしや殿は、その妹御に会いとうて、組屋敷へ通われているのではなかろうか。

そんな疑念が湧いてくる。

――いや、そんなはずはあるまい。

鷹之介は、色気の方にはまったくといっていいほど疎《うと》い。もう二十五にもなっているのであるから、それはそれで困りものなのだが、

「この女ならば……」

と、見初《みそ》めれば、一途に思う恐れを秘めている。

気をつけていないと、

「爺ィ、大沢の妹を妻にしたい。何かよい方策はないか」

と、俄《にわか》に言い出しかねない。

大沢要之助には申し訳ないが、そんな話になれば新宮家とは家格が違う。家格違いの婚姻など結べるはずもないし、武士にとって婚儀は御家の盛衰に関わる大事なのだ。

松之丞が気を揉むのも無理はないのだ。

そんなことで悩んでいると知れれば、

「爺ィ、くだらぬことを申すではない」

鷹之介から叱責されるかもしれない。

しかし、一旦思い込むと、気がそこへばかりと向かってすっきりとしない。

この間は隣の編纂所から戻った鷹之介を出迎えると、

「殿、御先手組屋敷へは、またお行きになるのでござりまするか」

つい、そんな言葉が出てしまった。

「わざわざ同心の家へ出向かずともよいと申すのだな」

苦笑いで返す鷹之介であったが、それは松之丞が知りたい応えではない。

言わずにおこうと思いつつも、

「御屋敷には、妹御がおいでとのこと……」

とうとうそれを口にしてしまった。

「ははあ、そうか……」

鷹之介は、近頃の松之丞の落ち着きのなさがこれでわかった。少しからかってやろうと、

「爺ィは、鷹之介が大沢の妹に懸想《けそう》していると思うているのか」

図星を突いてやった。

「あ、いや、それは、その、まったくもってわたくしは……」

たちまち松之丞はしどろもどろになった。

――ふふふ、爺ィめ、くだらぬことを気にかけよって。

鷹之介は、松之丞の様子に笑い出しそうになるのを堪えて、

「そのような恥ずかしいことを申すでない」

びしゃりと叱りつけた。

「いや、爺ィめは、何もそのようなつもりで申し上げたわけではございませぬぞ。左様、そのような恥知らずなことを、申し上げるはずがございりませぬ……」

松之丞は怒ったように言うと、這々《ほうほう》の体《てい》で鷹之介の御前から下がった。

「これでよし」

やり込めておけば、余計な心配もせぬであろう。

――爺ィはこの鷹之介が、美津殿を妻にしたいと言い出すのではないかと案じておったか。

馬鹿げていると笑いながらも、よく考えてみると、松之丞の心配は、当を得たものかも知れぬと、鷹之介はやがて心を揺らし始めた。

要之助に勝負を挑まれ、いつも断り切れずに大沢屋敷を訪ねていたが、心の奥底には、美津に会える楽しみが、いつも湧き上がっていたのは否めない。

松之丞に指摘されて己が想いに気付かされたのである。

松之丞は実に余計なことをした。心配のあまりに言った一言が、若鷹の熱き心に火をつけてしまったのだ。こうなると、もう止まらない。

まだ少年の頃に口にしてしまった、

「妻になってくれたら、もっと楽しいかもしれぬな」

それが記憶に残り、美津と顔を合わすのが何とも恥ずかしかったのだが、いざ会ってみると、美津は昔と変わらぬほがらかさで、そんなことなどすっかり忘れている様子であった。

しかし、ほっとしたと同時に、何やら寂しい想いにかられたのも事実であった。

それは、何年たったとて、美津が妻になってくれたら、さぞかし楽しいであろうという思いはまるで変わっていなかったからである。

今、わかった。自分が美津に長い間恋心を抱いていたことが——。

剣術や学問や、当主としての務めに埋もれてしまっていたが、恋というものを考えるに、それは美津にのみ向けられていたのだ。

一通りの遊興も、務めの内にこなしてきた。女を知らぬわけでもない。だが、どんな時も、遊びは男の付合いであり、嗜《たしな》みであると捉え、女にのめり込んだことなどは露ほどもなかったのは、知らず知らずのうちに美津への想いが身にまとわりついていたからであろう。

そして、美津もまた自分を慕ってくれていたのではなかったのだろうか。

「鷹之介様は、ひどいお方でございます」

あの日、美津は鷹之介にそう応えたが、ひどいと言いつつ、その表情は喜びに充ちていた。その、〝ひどい〟とは、

「わたしを、おからかいになるなどとは、ひどうございます」

という意味かと鷹之介は解釈したが、

「そのようなことを言われては、わたしはもう嫁には行けぬではございませんか」

それゆえの、〝ひどい〟ではなかったか。

縹緻《きりよう》のよい美津が、いくら裁縫の腕がよいとはいえ、教授にかまけて嫁に行きそびれたわけではなかろう。

近頃また屋敷を訪ね、改めて気付いたのだが、要之助は、十の時に母と死別し、父親も二十一歳の時に亡くしていた妹・美津との仲は頗《すこぶ》るよい。妹をひたすら

守ってきた。

美津は、兄が慕う鷹之介を自然と慕うようになったのであろうし、要之助も鷹之介を屋敷に招くことで、かわいい妹へ兄の面目を立てていたのかもしれない。

「そうか……。そういうことであったのか」

自室で、あれこれと物思いにふけっていると、鷹之介の頭の中に閃くものがあった。

「要之助の奴、それゆえ何度も何度も白洲で立合を望んだのだ。どうしてそれに気付かなかったのであろう。まったくおれは気が利かぬ……」

鷹之介が、次に要之助と大沢屋敷の白洲で立合うのは、明後日の約束となっていた。

九

その二日後。

新宮鷹之介は、いつものように平助一人を連れて大沢屋敷へと出かけた。

鷹之介には待ち兼ねた二日であった。

何事においても、白黒はっきりと決着をつけねば気が済まぬのは真に困った性分だと嘆きつつ、一旦心に思うとどうしようもなかった。

勇躍、屋敷へ到着すると、要之助は外出をしていた。今日は朝から屋敷にいると言っていたのだが、のっぴきならぬ用が出来たので、それをすませてすぐに帰るとのことであった。

その間は、美津が相手をすることになった。

ちょうどよかった。

このところ大沢屋敷を訪ねる度に、少年の頃のように美津が茶菓を運んでくれて、二言三言交わすと、

「お話の邪魔をしてはなりませぬ……」

美津はすぐにその場を下がり、鷹之介が帰る頃になると送り出しに現れて、また二言三言交わして別れる。

そんな様子が続いていた。

鷹之介も美津も、もう少し話をしてみたいところであるが、それが武家の嗜みと

いうものだ。

そういうまどろこしさを打ち破るには、鷹之介が美津を妻にもらい受けたいと申し出るしか道はない。

もう二十五歳にもなる鷹之介である。嫁を迎えるのは急務であるはずなのだが、武芸帖編纂所という新たな役所を任された今、なかなかそこに気が回らずにいた。

それでも、美津と語らい互いの気持ちが通い合えば、どんな手立を使おうが妻にもらい受ける――。

それによって波乱が起こり、高宮松之丞を始めとする家人が嘆こうとも、格違いの婚姻を成し遂げてみせんと鷹之介は肚《はら》を決めて、この日は大沢屋敷を訪ねていた。

久しぶりの再会を果して後、いきなり妻にもらい受けるなど性急過ぎる話かもしれないが、自分の不用意な一言が、美津の人生に何らかの影を落したのであれば、その責めは負わねばなるまい。

そして、何よりも鷹之介の、

「妻になってくれたら、もっと楽しいかもしれぬ……」

というあの頃の想いは、今も尚《なお》心にある。

それが新宮鷹之介の、男の純情なのだ。

「申し訳ございませぬ。兄はすぐに戻って参りますゆえ、しばしお待ちのほどを……」

開口一番、美津は鷹之介に詫びると、庭に面した一間に請じ入れ、いつものように茶菓で鷹之介をもてなした。

「要さんは、わたしをたばかったな」

鷹之介は、にこやかに言った。

「たばかったなどと……」

美津は慌てて、頭を振ったが、

「いやいや、それを咎めているわけではないのです。これはきっと、美津殿と二人、ゆるりと話をさせてやろうとの気遣いでござろうかと」

鷹之介は宥めるように言った。

美津は何も言わずに、恥ずかしそうに俯《うつむ》いた。

鷹之介の言葉は的を射ていたようだ。

ふけゆく秋の、冷たくなった風が、庭から一間の内に吹いてきた。

鷹之介は、風に誘われて庭を見つめた。そこには要之助自慢の白洲が広がってい
る。

今よりも尚青き頃の、楽しき思い出が詰《つま》った一画で、この沈黙の間を埋めるにあ
りがたい眺めであった。

「美津殿は、この鷹之介が、ここへ来るのを楽しみにしてくだされたか」

美津は、ゆったりと頷いた。

「今日はお越しか、明日はお越しかと、心待ちにいたしておりました」

「左様か。わたしもそなたに会うのが楽しみでござった。自分にも、美津殿のよう
な妹がいれば、さぞや楽しかろうと、要之助を羨んだものだ」

美津は哀しそうな表情を浮かべて、

「妹、でござりまするか……」

と、応えた。

あの日と寸分違《たが》わぬ物言いである。美津は、鷹之介が言った言葉を忘れていな
かったのである。

「妻になってくれたら、もっと楽しいかもしれぬな……、やがてそのように思うよ

うになった」

あの日と同じ言葉を告げると、美津はぱっと顔を赤らめた。

鷹之介が覚えていてくれた。その喜びが面《おもて》に出たのである。

「あの日、そなたは、わたしを〝ひどい人〟だと言った」

「申し訳ございません」

「それはどういう意味であったか、聞かせてもらいたい」

「それは……」

美津は恥じらったが、これは伝えておかねばならぬと思ったのであろう。鷹之介に真っ直ぐな目を向けて、

「あのようなことを申されては、なかなか鷹之介様を思い切れませぬ」

「それゆえ、ひどい人だと?」

「はい」

「そもそも我ら二人は、夫婦にはなれなんだのであろうか」

鷹之介もまた、真っ直ぐな目を美津に向けた。

その言葉には、自分は何としてでも、貴方を妻にする用意と気構えがあるという

意味が籠《こも》っていた。

「なれませぬ……」

美津はきっぱりと言って、大粒の涙を流した。

「左様か……」

「はい……」

兄・要之助とは剣の上で相弟子であり、友であるかもしれないが、新宮鷹之介が同心の娘を妻に迎えるなど、あってはいけないことなのだ。

鷹之介は、そういう風習や決まりごとを押しのけてでも前に向かう男である。だからこそ迷惑をかけてはならない、自分がその気になるなどもってのほかと、美津は心に誓って暮らしてきた。

恋うるからこそ別れていく。その想いを、美津は今日、鷹之介に伝えておきたかったのに違いない。

「美津殿、そなたはもしや、近々いずれかへ嫁がれるのかな」

鷹之介は、傷心を抑えてにこやかな表情で言った。

「はい」

案に違わず、美津はこっくりと頷いた。

「やはり左様か。それはめでたい。実にめでとうござる」

鷹之介は、素直に祝うと、

「真にひどい人は、要さんであったようだ」

少し顔をしかめてみせた。

「ほほほ、そうかもしれませぬ」

美津も涙を抑えて、鷹之介に倣った。

妹想いの要之助は、美津が鷹之介を慕っていると知り、何かというと鷹之介を白洲の勝負に託《かこつ》けて屋敷へ招き、会わせてやろうとした。

母親に早く死に別れ、多忙な父親の代わりを務めて、美津の心を慰めてやろうと考えたのであろう。

しかし、幼き美津が、いつのまにか一人の女の心を持ち、鷹之介に恋心を抱いたと知るや後悔した。

幸い、要之助も鷹之介も少年の頃を過ぎ、大人になるにつれて自然と縁遠くなっていった。しかし、その間も美津は鷹之介への想いを抱き続けていた。

裁縫教授に忙しく暮らすのは、それによって婚期を遅らせたいという方便であった。

しかし、武家にあっては方々から舞い込む縁談に、いつまでも耳を塞ぐわけにもいかなくなった。

恋をして、その相手と結ばれるなどは小娘の夢の話であって、武家娘は空想に心をときめかせつつ、周りが決める婚儀に臨み、やがて母となる喜びを見つけ暮らしていく。

それこそが幸せなのだ。

やっとのことで縁談を受けた妹であったが、その日から鷹之介を懐かしがり、何かというと思い出話をした。

要之助は、美津がもう一度鷹之介とこの屋敷で語らい、恋をした殿御の姿をしっかりと心の奥に焼き付け、自らの口で嫁すにあたっての暇乞《いとまご》いをしたいという想いを確かめた。

そうして武芸帖編纂所の頭取に就いたのを幸いと心得、宮島充三郎の死の真相を求めがてら、再び白洲での勝負を望んだのだ。

「お待たせいたしましてござりまする……」

頃やよしと見たのであろうか。いつしか要之助が屋敷に戻っていて、鷹之介の前に出て畏まった。

「今、美津殿のめでたい話を聞かせてもろうたところだ」

鷹之介は、この〝ひどい男〟を労《いたわ》るように言った。

「畏れ入りまする……」

要之助は、泣いているような笑っているような顔で、鷹之介を見ると、

「ただただ、申し訳ござりませぬ」

深々と頭を垂れた。

妹の望みを叶えてやったとはいえ、それによって鷹之介の心を乱してしまったであろうと、要之助は恐縮したのである。

鷹之介は、からからと笑って、

「おれが妻にもらい受けるつもりであったものを、嫁にやるとはおぬしもひどい男だ。今日の勝負は容赦はせぬぞ」

それからすぐに白洲へと出た。

「ひとつ訊いておくが、おぬしは、おれをここに来させるために、わざと負けたりはしておるまいな」

仕度をしながら鷹之介は言った。

「まさか、それはござりませぬ。わたしの腕では、所詮、鷹様には敵わなんだのでござりまする」

要之助は、とんでもないと頰笑んだ。

「そうかな」

「鷹様こそ、くれぐれも……」

「手加減はせぬよ」

鷹之介は淡々として応え、いつものように対峙した。

要之助は、勝てぬと知りつつ勝負を挑み、負けることで美津を喜ばせようとした。

鷹之介は、勝ち続けることで美津と言葉を交わす一時を得んとした。

「参るぞ！」

「畏まってござる！」

二人は竹刀を手に、激しく打ち合った。

心がすっきりせぬ時、何やらわだかまりを覚える時は、竹刀を手に暴れ回るに限る。

いずれが竜か虎か。丁々発止と打ち合う二人の若武者はしばし時を忘れてぶつかり合った。やがて、さっと間合を切って構え直した時、遠間から打ち込んだ要之助の竹刀の先革が、僅かに鷹之介の胸突きに触れていた。

「うむ、参った……」

それは、白洲の勝負で鷹之介が初めて喫した敗戦であった。

「鷹様、これは……」

「手加減したのではない！　おぬしの腕が今はおれを上回っていた。それだけだ」

じっと見守っていた美津は、再び目から涙を溢れさせた。

「美津殿、白洲での勝負も、これが見納めでござろうよ」

鷹之介は、神妙に頷く美津をしっかり見つめると、

「要さん、この先、おれと稽古をしたくば、武芸帖編纂所を訪ねて参るがよい。宮島殿の刀傷についても、共に考えよう」

高らかに笑いながら新たな再会を約した。

十

その夜。

深川永代寺《えいたいじ》門前にある〝ちょうきち〟という料理屋に、新宮鷹之介の姿があった。

二階の窓から永代寺の景勝が望める、なかなかに瀟洒《しょうしゃ》な座敷で酒を飲む彼の傍らには、水軒三右衛門と松岡大八がいて相伴《しょうばん》している。

「頭取、いったいどういう風の吹き回しですかな」

盛り場に出て、自らの意志で酒を飲むなど、鷹之介には珍しいことで、大八は少し心配顔で言った。

「大八、野暮なことを言うな。頭取とて飲みたい時もあろう。お誘いを頂戴したのだ。喜んでお受けすればよい」

三右衛門は、上機嫌で一杯やっている。

「この月は編纂所の掛かりがことの外《ほか》、少のうすんだゆえ、たまには先生方をお慰めせねばならぬと思うたまで」

鷹之介は、たて続けに大杯を干すと、強がりを言った。

飲みたくて飲みたくて堪らない気分であったが、一人でふらりと出かけるのも、真面目な気性が許さない。

とどのつまり、編纂方の二人の慰労という名目で、三右衛門がよく知るこの店へとやって来たのである。

これは何かある――。

大八は、声をかけねばならぬと言葉を探すが、

「我らを慰めてやろうとは、真に忝し！　大八、頭取が話のわかる御方で我らも幸せじゃな」

三右衛門は、黙って楽しめとばかりに、大八を牽制《けんせい》した。

「うむ、確かにそうじゃな。頭取、忝し……」

大八も三右衛門に倣った。

鷹之介の体からは、

「何も訊いてくれるな」

という、気が放たれているのが窺えた。

三右衛門は小声で、

「武士の情けというものじゃ」

大八に囁いた。

三右衛門は、日頃生真面目な鷹之介が酒にうさを晴らさんとして、盛り場に繰り出したのが嬉しかった。

しかも、鷹之介の〝うさ〟は、多分に色気を含んでいる。何よりではないか。

その鷹之介は、己が心の内でも強がっていた。

自分は、美津が嫁ぐのが悲しいわけではない。妬《ねた》ましいわけでもない。思い出のひとつにぽっかりと穴が空いてしまったような気がして、それが何とも空しいだけだ――。

そんな風に言い聞かせつつ、目の前には美津の美しい容姿が浮かんで離れない。

「どうしたんですよう。浮かない顔をして……」

そこへ、三味線を手に、芸者が一人座敷へ入ってきた。

「春太郎か……」

鷹之介は、ふっと笑った。

「頭取の馴染は、この姐さんしかおらぬゆえ、まず呼んでもろうたのでござるよ」

三右衛門が澄まし顔で言った。

勝手に芸者を呼ぶなど、いかにも三右衛門のしそうなことだが、今宵の鷹之介にはそれがありがたかった。

晴れぬ想いを女で埋めようとは思わぬが、今は気の置けぬ女と、軽口のひとつも叩いてみたかった。

春太郎なら尚よい。

元の名が富澤春。芸者の娘ながら、父は富澤秋之助という角野流手裏剣術の名手。

滅びゆく武芸流派を調べ武芸帖に記し後世に伝える。編纂所初の仕事が、角野流であったが、その継承者である春は、恐るべき手裏剣術の腕を秘めながら、相変わらず自前で芸者を続けていた。

務めと武芸一筋に生きてきた鷹之介は、芸者などという、色を醸して売りにする女はどうも苦手だが、春太郎ならば武芸者として接することが出来る。

それが何とも気楽であった。

「これはとんだ馴染だな」

不良旗本の手の者と共にやり合った時のことを思い出して、鷹之介は小さく笑った。

「ええ、鷹様にはとんでもないところを見られておりますからねえ」

遠慮のない物言いが心地よい。

「鷹様か……」

「そう呼んじゃあいけませんか？」

「鷹様はよくない。うむ、どうもいかぬ」

「そんなら、鷹旦那でどうです？」

「それでよい」

「鷹旦那、まずは一献……」

「忝い」

「ほほほ、堅い堅い。今のわっちは芸者でござんすわいなあ」

春太郎は、それから何度もそう言って、鷹之介に酒を注いだ。

「時に春太郎……」

「あい」

「そなたは最前、おれが浮かない顔をしていると言ったが、それはどのような顔だ」

気の利いた言葉が浮かばぬ鷹之介は、ぽっと顔を上気させて、そんな愚にもつかぬことを言った。

春太郎は、まったく汚れを知らぬ、美しい若殿様だと笑みを浮かべて、

「そうですねえ。惚れた女に振られたような、そんな顔でございますねえ」

悪戯《いたずら》っぽく笑ってそう言った。

第二章　鎖鎌

一

水心子《すいしんし》正秀《まさひで》二尺二寸八分。

その白刃が虚空を斬った。

名刀が放つ光は、何とも神秘的で、厳かさと共に吸い寄せられるような魅惑がある。

このところ、新宮鷹之介は愛刀を手に、暇を見つけては屋敷の小さな武芸場で、一人黙々と真剣による型稽古に打ち込んでいた。

隣接する武芸帖編纂所にも、立派な武芸場が設《しつら》えてあるが、水軒三右衛門、松岡大八の前では、真剣を振り回したくなかった。

名人、達人の前では気後れがする意味もあるが、父・孫右衛門以来、この十坪ばかりの武芸場が新宮家の心身鍛練の場と心得ているからである。

己の心を戒める時、鼓舞する時、鷹之介は父の遺品である水心子正秀を持ち出しては、名刀の輝きを体に浴びて、武士の自覚を促してきた。

そのようにいうと、何やら重々しく荘厳な儀式のように思われるが、若い鷹之介にとっては、未熟ゆえの恥ずかしさ、もどかしさを振り払うための一暴れなのである。

彼が何を振り払っているのかは言うまでもなかろう。

剣友、大沢要之助の妹・美津についての一件である。

失恋の痛手というよりも、あれこれと気を回し、美津の気持ちまでも確かめてしまったことが不粋極まりないと、後から思うにつけ赤面の至りに陥ったのだ。

他家へ嫁すに当って、美津は以前のように鷹之介が屋敷を訪ねる姿をそっと窺い、その目に確《しか》と焼き付けておきたかったのである。

それを、

「自分は、妻にもらい受ける覚悟はある」

などという、実に先走った、思い込みだらけの行動で、己が想いを伝えてしまったのは、かえって美津を苦しめる結果となった。

思い立ったら一途になる。それが若さと称える者もあるだろうが、そもそもは、火付盗賊改方同心・宮島充三郎の死因について、武芸の見地から助言するのが一義であったはずだ。

「おれはただのお調子者だ」

その想いを、鷹之介はひたすら振り払わんとしていた。

幸いにして、遊び好きの水軒三右衛門が身近にいたので、彼の宰領によって酒を飲み騒ぐことで、大いにうさが晴れた。

それは、生真面目一筋できた鷹之介にとっては大きな発見であったといえる。

そして、大沢要之助はすぐに編纂所へ現れて、

「あれこれと、嫌な想いをさせてしまったようにござりまする。平に御容赦のほど、お願い申し上げまする……」

平謝りに詫びた。

そのようにされると、鷹之介も生来のやさしさがもたげてきて、

「何のことだ。おれは久しぶりに白洲でおぬしと立合えたし、美津殿にも会えて、ただただ楽しい刻《とき》を過ごせたと思うているのだが……」

などと強がった。

強がると、いつまでもそんなことを引きずっていては男の恥だと、気分も変わってきた。

その上で、安堵の表情を浮かべる要之助から、

「時に、宮島さんが殺された一件についてでござりまするが、火付盗賊改方でも、未だに宮島さんが、いかなる技に後《おく》れをとったかはわからぬままでおりまする」

との報せを受け、

「それならば、こちらも精を出して考えてみよう」

再び、武芸帖編纂所頭取としてのやる気が湧いてきた。

――下らぬことに思い悩んでいる場合ではない。

この日も朝から自邸の武芸場で、水心子正秀を振るい、それから編纂所の書庫へ入る。

書庫には、文机《ふづくえ》が五脚並べられてあり、各所から届く武芸帖を閲覧したり、新たに編纂所で加筆したり出来るようになっている。

三右衛門、大八はほとんど武芸場にいて寄りつかず、今は、もっぱら中田郡兵衛《なかたぐんべえ》が一人で目録を編集している。

郡兵衛は、正式な編纂方の吏員《りいん》ではない。

芸者・春太郎こと、富澤春の亡父・秋之助の弟子であったのだが、角野流手裏剣術を鷹之介が調べる過程で、新宮家に身を寄せるようになった。

秋之助が起こした争いごとに巻き込まれそうになったので、鷹之介が一時匿《かくま》ったのである。

郡兵衛は、武士の出ながら、〝軍幹《ぐんかん》〟という筆名で、黄表紙《きびようし》などの読本《よみほん》を書いていた。

角野流手裏剣術を学んだのも、戯作の種になるのではなかろうかという意図からであり、どこか世捨人の趣《おもむき》がある。

それでも争闘に傷つき、病魔に冒されていた富澤秋之助を助けて、その死を看取《みと》ったところなどは武士の気概に充ちていて、鷹之介を始め、三右衛門、大八は親しみを覚えていた。

やがて新宮家の隣に武芸帖編纂所が完成し、ここで業務を執り行うことになったが、武官ばかりが揃う編纂方である。

事務に長《た》けた文官が必要となり、そのまま郡兵衛が編纂所の御長屋に住まいを得て、手伝うことになったのだ。

青畳の香りが芳《かぐわ》しい一軒を与えられ、食事も新宮屋敷から給され、武芸帖編纂所の掛かりから月一両を支払われる――。

郡兵衛にとっては悪くない話であった。

暇な時は、戯作《げさく》にいそしむことも許され、何と言ってもここの書庫は、彼の創作意欲をくすぐる宝の山であった。

鷹之介は、郡兵衛が記した目録にさっと目を通した。

彼が記す但し書はわかりやすく、えも言われぬ妙味がある。

「さすがは軍幹先生だ」

鷹之介は、郡兵衛の仕事ぶりに満足すると、

「ここでの暮らしが退屈でなければ、もう少しいてもらいたいのだが、いかがか

な」

　さらなる滞在を願った。

　編纂方となると荷が重いが、今の臨時雇いは住み心地がよい。

「それは、願ってもないことでござりまする」

　郡兵衛は、一も二も無く応えて鷹之介を喜ばせると、

「あれこれ読んでみましたが、やはり立合の中で、首筋に突きを入れるに相応《ふさわ》しい流儀は見当りませぬ」

　と、報告した。

　郡兵衛も、漏れ聞こえてきた宮島充三郎の一件について、独自に調べていたようだ。

「それは忝し。まずじっくりと調べてみるとしよう」

　鷹之介は、にこやかに言い置いて、武芸場へ出た。

　ここでは、松岡大八が一人で型の稽古をしていた。

　いつものことながら、水軒三右衛門は、なかなか起きてこないようである。

「これは頭取……」

大八は朝の挨拶を済ませると、

「三右衛門は、また寝酒が過ぎたようでござりまするな」

苦い顔になった。

これも朝の決まりごとのようになってきている。

「頭取が御出仕《しゅっし》というのに、起きてこぬというは不届き至極《しごく》。叩き起こして参りましょう」

「いやいや、あれこれあって水軒三右衛門という先生なのであろう。もう長い間生きて参られたのだ。今さら、何を申しても詮なきこと」

鷹之介は笑ってみせた。

そこへ、伸びをしながら三右衛門が入ってきて、

「何と頭取は、道理をわかっておいでじゃ。日々、たくましゅうなられる……」

「何が道理じゃ。己が遅参を省《かえりみ》ず、口はばったいことを申すでないわ」

すかさず大八が叱りつける。

「ははは、これは勘弁……」

悪びれずに三右衛門が頭を掻く。

「遅参した分、よい知恵を授けてくだされば、何よりじゃ」

鷹之介は、そう言って笑いとばせる余裕が出てきた。

それが自分自身わかるだけに、少し大人になれた気がした。

そうして、青きほろ苦い思い出は、またひとつ、鷹之介の体の中で消化され、彼の血肉と化してゆくのである。

二

名前だけはご大層な武芸帖編纂所だが、まだまだ役所としての体裁は整わず、律々《りり》しき若殿に、一癖も二癖もある男達が寄り集まった野武士の溜り場のような様相を呈していた。

この日は、さらにその場に、縞《しま》柄の着物に献上の帯を粋に着こなした、一見していい、それ者《しゃ》とわかる女がやって来た。

編纂所の門は冠木《かぶき》門で、番所には鷹之介の供をして新宮屋敷から来る、中間の平助と覚内《かくない》が代わる代わる詰めることになっていた。

専任の門番を雇えばよいのだが、まだ軌道に乗っていない役所に、体裁ばかりつけていたとて仕方がない。

鷹之介の想いから、新宮家の家士達が何かとことに当っていた。

高宮松之丞、原口鉄太郎、平助、覚内、老女の槇《まき》、下女のお梅《うめ》は、事務に番に食事の世話など、やたらと忙しくなっていたが、その分手当が出るので、三右衛門や大八よりも活気が出ていた。

この日の門番は覚内であった。

潜り木戸を叩く音がするので、開けてみれば、件の女がいる。

「何だお前は。ここがどこかわかっているのか」

怪訝《けげん》な顔で問うたのも無理はない。

「わかっていますよ。武芸帖編纂所だろう」

女は悪びれずに応える。

「わかっているなら、何故やって来た。ここは姐さんのような粋な女が来るところじゃあないんだよ」

覚内は、二十半ばの若さだが、知恵はある。なかなかに好い女だけに怪しんだ。

「まあ、そう思われるのは無理もないが……」

女は相変わらず泰然自若としながら、

「こう見えても、わっちはこっちの方の芸もあるのさ」

やにわに髪に手をやると、そこに差してあった針状の金物を、門の向こうの庭木に打った。

それは細みの棒手裏剣であった。

宙を飛ぶ棒手裏剣は三本。見事真っ直ぐ縦に並んで突き立った。

覚内は目を丸くして女をまじまじと見た。

「春太郎が来たと、鷹旦那に取り次いでおくれな」

女は、角野流手裏剣術継承者の、芸者・春太郎こと、富澤春であった。

取り次ぎを受けるや、

「すぐに通してやってくれ」

と、楽しそうに応える鷹之介を見て、覚内は慌てて春太郎を、武芸場に連れて来た。

以前、水軒三右衛門が春太郎と飲み比べをして相討ちに倒れ、店の払いもままならなくなり、鷹之介が迎えに行った時は、若党の原口鉄太郎と、年長の中間・平助を供に連れて行った。

ゆえに覚内は、話には聞けど春太郎の顔を知らなかったのである。

「こいつは、とんだご無礼をいたしました……」

覚内は、一流の武芸を伝承している春太郎に姿勢を正したが、

「いやいや、こんな女が来れば怪しむのも無理はありませんよ。かといって、わっちも武芸者みたいな野暮な恰好でお訪ねするのも気が引けるじゃあありませんか」

春太郎は、楽しそうに笑って、覚内を煙《けむ》に巻いたものだ。

「それで姐さん、いや、春先生、何か新しい技でも教授しに来てくれたのかい？」

三右衛門がニヤニヤとして訊ねた。武芸帖編纂所に、粋筋の女がいるなど、真に愉快なのであろう。

「そんなものはありませんけどね。わっちもあれからちょいと考えたんですよ」

春太郎は、武芸場の端に座って、声を弾ませた。

「考えた？」

鷹之介が小首を傾げた。

「先だってお話しになっていたでしょう。火盗の旦那がおかしな殺され方をしたって……」

「そんな話もしたかな。酒の席で不粋であったな」

「いえ、おもしろいお話でございましたよ。鷹の旦那がお役目一筋だということが、ようくわかりました」

「それで、そなたもどんな技が遣われたのか、考えてくれたのか」

「そんなところで」

三右衛門は黙って酒を飲んでいたが、大八は身を乗り出して、

「して、何かよい考えは浮かんだのか？」

「それが昨夜、お客がこんな話をしてましてね。随分と笑わせてもらいましたよ」

呆気にとられる男達を尻目に、春太郎はペラペラと喋り出した。

春太郎の贔屓《ひいき》に、亀戸《かめいど》村の大百姓がいる。女房というのが男と見紛《みまが》う大女で、夫婦喧嘩になると小男の彼はいつも投げとばされて酷い目に遭う。

それなのに、この男は浮気癖が直らず、ある夜、こともあろうに離れの納屋に女

を連れ込み、勢いよく干草の上に寝そべったところ、その下には鎌が潜んでいて、男はその刃で尻を切って、大声をあげた。

件の女房がこれに気付き、

「泥棒！」

と、乳切木《ちぎりき》を手に納屋へ駆けつけた。男は咄嗟《とっさ》に女を干し草の中に隠したが、そこに女房が現れて、暗がりで亭主とわからず、

「覚悟しろ！」

と、打ちかかった。

哀れ男は尻を押さえながら、それからしばらく逃げ回ったという。

「それでそのお客ときたら、鎌で、おかまを切るとは洒落がきつ過ぎる……、なんて言うもんだから、おかしくて、おかしくて……」

春太郎は、大笑いした。

「そいつは好い……！」

春太郎のおとないを知って、武芸場に現れた中田郡兵衛は、話を聞いてからからと笑ったが、鷹之介はきょとんとして、

「確かにおもしろい話だが、それでどんな考えが浮かんだというのだ……」

と、言いかけたがすぐに意味を察して、

「なるほど、そうか……！　読めたぞ、鎌だ！」

と顔を上気させた。

春太郎は、にこやかに頷いた。

「う〜む、どうしてそれに早く気付かなんだのか」

「これは、松岡大八、不覚でござった」

大八も、相槌を打って悔しがった。

「なるほど、鎌ならば考えられますな」

中田郡兵衛も感じ入った。

武芸には、鎌術、それから発展した鎖鎌術というものがある。

宮島充三郎は、これを使いこなせる相手と斬り結び、正面から鎌によって左耳の後ろ辺りを突かれた——。

それならば辻褄《つじつま》が合う。

「さすがは富澤春殿だ。一流の道統《どうとう》を受け継ぐだけのことはある」

鷹之介は大いに春太郎を称えた。

気性が真っ直ぐで純粋な鷹之介である。人を誉める時は、まったくてらいがない。

それゆえ誉められる方は、えもいわれぬよい心地になる。

日頃、客に口説かれて、持ち上げられることの多い春太郎だが、それだけに男の真心など容易《たやす》く見抜いてしまうから、

――こいつは本物だ。

つい、うっとりとして受け止めて、

「一流の道統なんて、よしにしてくださいまし」

照れて顔を赤らめた。

ところが、いつもならそれを認めて、何かからかうように声をかける はずの三右衛門が相変わらず言葉を発しない。

大八は、それをじろりと見て、

「三右衛門、おぬしは端《はな》から鎌だと気付いていたのではないか」

詰るように言った。

「さて、わしも今姐さんに言われて、はたと気付いた……」

三右衛門は白《しら》をきったが、存外にこの武芸者は、身内に嘘をつくのが下手である。いつもの人を食ったような剽《ひょう》げた様子が消えているのはすぐにわかる。

「嘘を申せ。平助、三右衛門の御長屋の部屋へ入って、武芸流派を連ねた、汚ない書付を取ってきてくれぬか」

「おい、何を言う」

「構わぬゆえ取って来い。水屋の小引出しに入っている」

「大八、お前、いつのまにそんなことを」

「あれは大事なものだ。知っておかねばならぬと思うてな」

「余計なことをする奴よ」

「平助、いいから取ってこい」

「こら、待て……」

三右衛門は畏まって駆け出そうとする平助の前に立とうとしたが、大八は、すっとその間に入ると、三右衛門の脇に手を入れてひょいと投げを打った。

三右衛門の体は宙に舞ったが、体をひねりつつ、ストンと着地して、

「大八、覚えていろよ」

何ごともなかったかのような様子で、大八を睨んでみせた。

「ああ、恐い恐い。ここは天狗の住みかのようでござんすねえ」

春太郎は、四十半ばの男二人の凄技を見せられて首を竦《すく》めると、

「か弱き女は、退散させていただきますよ」

鷹之介に、にこりと頰笑んで、そそくさと武芸場から立ち去った。

「せっかく来たのだ。ゆるりとしていかぬか!」

鷹之介は呼び止めたが、

「こんなところでゆるりとしていられませんよう。わっちは芸者のままでいとうございますからねえ」

歯切れのよい言葉を残して、春太郎は編纂所を後にした。

三右衛門もこれには笑って、

「春太郎め、武芸帖編纂所に留め置かれると思うたか。だが頭取、あの姐さんも、武芸者の心が時にうずくようにござりまするな」

女芸者でいるのが何よりだと言いながら、客の馬鹿話に鎌術を見出した春太郎に想いを馳せた。

そこへ平助が書付《かきつけ》を持って戻ってきた。

それは、若年寄・京極周防守《きようごくすおうのかみ》からの指図で、三右衛門が編纂方として鷹之介に付属した折、彼が持参した物である。

滅びかけている武芸流派を、思いつくがままに記したものの、あまりにも思いつくがままなので、よくわからぬ雑然とした書付になってしまっていた。

とはいえ、件の角野流手裏剣術も、この書付に記されてあったのだから、まずここにある流派を片っ端から当るべきなのだが、

「いや、その流儀については、すっかりと忘れてしまいましてな」

と、言ってみたり、

「ああ、これは、武芸帖に載せるほどのものではござらぬ」

などと、これまで三右衛門はのらりくらりとかわしてきた。

大八は、平助から書付を受け取ると、なぐり書きの中に、〝鎖鎌　小松杉蔵〟なる記述を見つけて、

「三右衛門、これは何じゃ」

三右衛門の目の前に突きつけた。

確かに、滅びゆく流派など深追いしたとて、ろくなことにはならないかもしれない。

しかし、三右衛門ほどの者が、鎖鎌術に触れ合いながら、宮島充三郎殺害が、鎌によるものであると、今まで気付かぬというのが大八には解せなかったのだ。

「いつのことであったか、小松杉蔵《こまつすぎぞう》なる鎖鎌の名人に出会うた。飲んだくれのなかなかおもしろい男でのう。気が合うたゆえに書きとめておいた。ただそれだけのことじゃ」

「ただそれだけのことか……」

大八は疑いの目を向けたが、

「確かに、考えを巡らせるうちに、鎌によって殺されたかもしれぬとわしも思うた」

三右衛門は、やがて渋い表情を浮かべた。

「それみろ」

大八は、口を尖らせた。

「しかし、黙っていたのは、その小松杉蔵なる武芸者と、この度の一件が繋がっているのではないか。もしそうであれば、ちと面倒なことになる、そのようなところかな？」

鷹之介が穏やかに問うた。

水軒三右衛門という男は、多分にいい加減なところはあるが、それでいてさり気なく情に厚いという一面を持ち合わせている。

この数ヶ月を共にして、鷹之介はそれを感じとっていたゆえに、三右衛門が小松杉蔵に配慮して鎌による犯行と断定したくなかったのかと思ったのである。

「そうではござらぬ。小松杉蔵とは何度か会うただけの間柄にて、これといった思い入れもございませぬ」

「なるほど、ではこういうことか。三殿は、火付盗賊改方の一件には関わらぬ方がよいと申すのだな」

鷹之介は、薄々感じていた想いを告げた。

「いかにも」

三右衛門は、ここで本音を言った。

「頭取の近しい御仁の、命の恩人であるという同心を殺害した者がいる。何としても正体を暴き、捕まえたい。その想いはようわかりまするが、火付盗賊改方では、その儀についてはあまり他所《よそ》に知られとうはないように思われまする」

「なるほど……」

泣く子も黙ると言われる火付盗賊改方の腕利き同心が、首を一突きにされて殺されたのである。

まず、役所としての体面が悪いし、面目が立たない。

こちらがよかれと思って協力したことが、かえって向こうを刺激する場合がある。

武芸帖編纂所は、新宮鷹之介が一人で請け負っているような役所とはいえ、それでも同じ若年寄《わかどしより》支配の立派な機関である。軋轢《あつれき》を生まんとも限らない。

三右衛門は、かつて火付盗賊改方与力に、剣術の型を指南したことがあり、その内情には通じていた。

町奉行所が文官であるのに対し、火付盗賊改方は武官であり、荒っぽい手口で悪人共を捕えるのを旨《むね》としていた。

それゆえ、独特の団結と秘密めいた組織の運営が為されている組もある。

そのようなところと揉めるのは、鷹之介にとって得策ではないのだ。

「三殿の想いはようわかるし、ありがたく受け止めておこう。だが、取り調べに割って入るわけでもなし、大沢要之助の願いを内々に考えて答えを出すだけのことだ。それに、我が武芸帖編纂所も、そろそろ動かねば恰好がつかぬ。どうであろう。まず鎖鎌について、各流派の動向を確かめるというのは。その最中に、答えに繋がるものが摑めたら、そっと要之助に教えてやる。彼《か》の者の一途な想いは、武士として大事にしてやりたいではないか」

鷹之介は、切々と語った。

この若殿が、ことを分けて話すと頷かぬわけにはいかなくなる。

この先、鎖鎌の流派を調べつつ、それが宮島殺しと結びつけば、一波乱起こるのは必定《ひつじょう》であるが、

「畏まってござる」

三右衛門は素直に従った。

大八は満足そうに頷いた。

三

それからまず、水軒三右衛門の鎖鎌術の教授が始まった。

この鎖鎌術も手裏剣術と同じで、殆《ほとん》どが剣術中心の武芸流派の中に組み込まれていた。

元々は鎌術から派生した。

鎌術は、その名のごとく、鎌を武器とする武術である。

百姓が、農具である鎌で戦えるようにしたのが始まりとも言われているが定かではない。

必ずしも農具そのものを使ったのではなく、鎌から着想を得た武具を使用することもあったようだ。

戦国期に使用された陣鎌なども、それに当るであろうと三右衛門は言う。

この鎌術がさらに発展したのが鎖鎌術である。

鎌の頭や柄の尻に、分銅が付いた鎖を装着する。片手に鎌を構え、もう一方の手で鎖を振り回し、分銅を相手に投げ付け、打撃を与えたり、武器や体に巻き付けて動きを止め、鎌で倒す。

そのような武芸である。

武士にとっては、武芸十八般のひとつに数えられる鎖鎌術を一通り理解しておくのが嗜《たしな》みというものであろうが、大小をたばさむ者が、鎌を持って歩くこともなく、特に修練を積む者は稀であった。

鷹之介もそれにしかり、武芸をあれこれと修得してきた大八も、それなりに学びはしたが、自らが鎖鎌を遣うのではなく、鎖鎌相手にいかに戦うかを稽古したに過ぎない。

水軒三右衛門は、彼が極めた柳生新陰流《やぎゅうしんかげ》から派生した、柳生心眼流《しんがん》に学んだ。

柳生心眼流は、刀術の他に、棒、薙刀《なぎなた》、柔術などの武芸も含んでおり、鎖鎌もその中のひとつであった。

三右衛門も、武芸の王道といえる剣術を極め、それに附随して、槍や棒、手裏剣、柔術などもまた学んだが、鎖鎌術も同じで、大八よりも多く稽古に励んだものの、鎖鎌で戦ったことはない。

「う〜む。水軒三右衛門をしても、鎖鎌を自在に操ることはできぬか……」

鷹之介は、武芸の奥行の深さに、思わず嘆息した。

「して、小松杉蔵という男は何者なのだ」

大八が問うた。

「伊勢《いせ》の藤堂《とうどう》家に仕えていたことがあるというが、定かではない」

「定かではない、か」

大八は、じろりと三右衛門を見た。

「何やら怪しげな男よの」

「うむ、実に怪しい」

三右衛門は、悪びれもしない。

「知り合うたのは、内藤新宿《ないとうしんじゅく》の居酒屋でな」

「ただの酒の友か」

「わしにとっては腕が立つというのが武芸者としての何よりの証《あかし》じゃ」

いつの頃だったかも忘れたが、たまたま居酒屋に居合せた浪人が、

「卒爾《そつじ》ながら、鎖鎌の教授をいたすゆえ、飲み代を用立ててはくださらぬか」

と、話しかけてきた。

人を食ったような物言いだが、三右衛門は、その堂々たる様子と、愛敬に充ちた丸顔が気に入って、

「店に入ったものの、懐具合が寂しいことに気付かれたか？」

「左様、これほどまでに寂しいとは思いませなんだ」

「ならば、鎖鎌の教授を所望《しよもう》いたそうか」

「忝し」

と話はまとまり、男は居酒屋に飲み代の形《かた》に取られていた鎖鎌を受け取ると、裏手の空き地に三右衛門を連れていった。

「まず、某《それがし》が食わせ者かどうか、その目で確かめていただこう」

浪人は、小松杉蔵と名乗り、かの剣聖・塚原卜伝《つかはらぼくでん》が遺したという、卜伝流鎖鎌術を披露せんと演武を行った。

杉蔵は、鎖を自在に振り回し、宙に飛んだかと思うと分銅を放ち、ある時は木の幹を叩き、またある時は木の枝に巻きつけ、高々と舞った。

その間にも、彼は右手左手に鎌を持ちかえて、木の枝を見事に刈った。

「いや、お見事」

三右衛門は大いに感服した。そして、それからしばし自分も抜刀した上で杉蔵と対峙し、鎖鎌との対決を楽しんだ。

さすがの三右衛門の刀術も、これには手こずった。

何度か鎖で刀を巻きつけられて、鎌をぴたりと突きつけられそうになった。

「水軒さん、お前さん、恐ろしく強いねえ。本気でやり合えば、手傷を負わせられたかもしれないが、おれは斬られていただろうね」

杉蔵もまた感服した。

鎖鎌教授が終ると、三右衛門のおごりで再び酒となりその日は別れた。

それから二人はこの居酒屋で時に出会い、酒を酌み交わしたが、三右衛門も気紛れな暮らしを送っていた。

鎖鎌との対戦など滅多と起こり得ない世である。

旅から旅の暮らしが続く中、たまに江戸にいたとて小松杉蔵に、わざわざ会うこともなく、今に至っているのだ。

四

「ますます怪しい男だが、三右衛門を手こずらせた鎖鎌の腕を持っておるならば、これは大したものだ」

水軒三右衛門が語る鎖鎌についての考察と、小松杉蔵なる武芸者との思い出話を聞かされて、松岡大八は唸った。

「それにしても、さすがに三右衛門、おぬしも顔が広いのう」

「なんの、お互いさまよ。長く武芸にいそしんでいるのだ。珍しいことでもない」

水軒三右衛門は、こともなげに言ったが、若き頭取・新宮鷹之介は、大いに興をそそられたようで、

「三殿、その小松氏《うじ》とすぐに会えぬかな」

身を乗り出した。

「恐らく、内藤新宿の居酒屋に行けば、繋ぎが取れると存ずるが、まず、この三右衛門が出向き、近頃の鎖鎌についての事情を訊いて参りましょう」

三右衛門は、鷹之介が無茶な調べを始めないかと案じて、そのように言った。

人のことなどまるで構わぬ三右衛門だが、どうもこの若殿には弱いようだ。

しかし、その翌日。

内藤新宿の〝いちよし〟という居酒屋に現れた水軒三右衛門の傍には、微行姿の新宮鷹之介の姿があった。

「三殿、この店は楽しそうだが、ちと騒々《そうぞう》しいな」

夕刻となり、店には溢れんばかりに客が押し寄せていたが、そのほとんどが、人足、車力、駕籠屋といった荒くれに、目付きの鋭い遊び人や浪人者である。

店の構えはなかなかに大きく、広い入れ込みの土間に並べられた縁台には、この日もむくつけき男達が五十人近くもいて、酌婦をからかったりして大きな声で騒いでいた。

鷹之介は、このような居酒屋が盛り場にあることは知っていたが、自分から入ってみたのは初めてで、物珍しさとうるささが入り交じって、どうにも落ち着かないでいた。

別段、入りたくもない店だが、このようなところに鎖鎌の達人が出入りしているのであるから世の中はわからない。

三右衛門は、注文を取りにきた女中に素早く心付《こころづけ》を握らせると、

「小松杉蔵殿は、相変わらず店には来ているのかな」

そっと問いかけた。すると、

「小松の旦那なら、三日にあげず来ておいでですよ」

とのことで、以前のように鎖鎌を飲み代の形に置いていくこともないそうな。

「近頃は、金回りが好いみたいですから」

と、女中は言うが、

「ほう、それはよかったな。店にとっても今は好い客か」

と、訊ねてみれば、

「騒ぎを持ち込むことがなければいいんですけどねえ」

溜息交じりに返ってくる。

どうやらそうでもないらしい。

「ほう、騒ぎを持ち込まねば、か」

三右衛門は、苦笑いを浮かべて鷹之介を見た。

「騒ぎをのう……」

鷹之介は眉をひそめた。

三右衛門が行くところに騒ぎが起こるのは定番となっていたが、武芸者とはそのような者ばかりとは思いたくない。その戸惑いが若き頭取の表情に浮かんでいた。

そして騒ぎは、半刻《はんとき》(一時間)もたたぬ間に起こった。

店に、よい具合に小松杉蔵が入ってきて、

「おお、もしや、水軒さんか!」

入れ込みの奥の方に腰をかけていた三右衛門を目敏く見つけて、太くよく通る声をかけてきたのだが、

「これは小松氏……」

と三右衛門が、応える間もなく、

「おのれ、小松杉蔵、鎌野郎! この前の借りを返させてもらうぜ!」

見るからに人相風体のよろしくない浪人者が五人で押し寄せてきた。

「この前の借り? ははは、それはおぬしがいけないのだ」

杉蔵は、からからと笑った。

「おのれ、まだそのつれを申すか！」

浪人達は、杉蔵に殺到して、居酒屋の中は騒然とした。

「これこれ、よさぬか！　迷惑であろう」

新宮鷹之介が止めに入ったのは、ごく自然の成行きであった。

「なるほど、騒ぎとはこういうことか……」

やれやれという表情で、水軒三右衛門も盃を干して立ち上がった。

五

小半刻《こはんとき》（三十分）の後。

新宮鷹之介と水軒三右衛門は、小松杉蔵と共に〝いちよし〟の裏手の空き地にいた。

「いやいや、頭取の前でとんだところを見せてしまいましたな」

浪人達に襲われたのを、鷹之介と三右衛門の助太刀を得て、あっという間に返り討ちにして店の外へと叩き出した杉蔵であった。

三右衛門との再会を喜びつつも、店の中で大暴れをしたのが決まり悪く、

「とにかくここを出るといたそう」

と、二人を連れて空き地に逃げてきた。

そして、三右衛門から鷹之介を紹介されて、恐縮しきりというわけだ。

「どうしてまた、連中に狙われたのかのう」

三右衛門が問うた。

「それが、とんだ逆恨みでござってな」

杉蔵は頭を掻いた。

先日。以前に三右衛門にしたのと同じように、件の浪人者達の一人に鎖鎌の教授を持ちかけたのだという。

その代わりに飲み代を払ってくれと言うと、

「ふッ、鎖鎌とはおもしろい」

浪人は、近頃この内藤新宿辺りで好い顔になっていた。腕に覚えがあるだけに、杉蔵の申し出を受けずにはいられなかったのだろう。

そうして乾分《こぶん》共を引き連れ空き地に出たのはよいが、

「これがまた口ほどにもない奴でござってな」

当然かわすだろうと、ひょいと放った鎖の分銅をよけきれず、まともに額に食らって気絶してしまったのだという。

「介抱を頼む」

杉蔵は乾分達に告げて、その場はそそくさと立ち去った。

怒ったところで、己が不覚を世間にさらすだけだ、自分はきちんと教授したのだから、恨まれる筋合はないと思っていたのだが、

「やはり随分と怒っていたようでござる」

高らかに笑う杉蔵を呆れ顔で見つつ、

「変わっておらぬな」

三右衛門は彼と過ごした一時を懐かしんだ。

「だが、近頃は金回りがよいと店の女中に聞いたのだが」

「金は回ってきても、使《つこ》うてしまえば無《の》うなるものでござってな。たまさか鎖鎌を持っていたゆえ、久しぶりにあの手を使ってやろうと思うたのだが、話を持ちかける相手を間違えたようでござる」

日は陰り、月が出た。

鷹之介は、月明かりに改めて小松杉蔵をつくづくと眺めた。

歳は三右衛門より少しばかり下であろうか。ふくよかな顔に、がっちりと引き締まった体軀《たいく》。そのちぐはぐさが、彼が放つ殺気を消している。

いかにも三右衛門好みの武芸者だと、鷹之介は納得した。

武芸帖編纂所の頭取に就く以前は、町場の居酒屋に出入りすることもなく、ましてやそこで喧嘩沙汰を起こして尚、平然としてその騒動の元凶である武芸者の話を聞くなど思いもよらなかった。

それが自分でもおかしかったが、鷹之介の武芸への探究心は日々高まるばかりで、

「あの店へ二人で訪ねて来たのは、貴殿に会いたいがためでござった。武芸帖編纂所では今、鎖鎌について調べていて、まず教授を願いとうござる……」

気がつけば、杉蔵相手に熱く語っていた。

爽やかな若殿が、純粋に武芸の神髄を求め、一途に情熱を注ぐ――。

そのような姿を、何のてらいもなく人前でさらせるのが新宮鷹之介の強みである。

小松杉蔵は、たちまち引き込まれて、美しい一幅の絵画を見るようなうっとりとした表情となり、

「頭取のような御方ならば、喜んで御教授いたしましょう。まずは某の稽古場へお出まし願いとうござる」

と、快諾した。

先ほど、杉蔵の加勢をした時に見せた、鷹之介の身のこなし、腕っ節の強さが、既に杉蔵の武芸者としての魂を大いに揺らしていたのだ。

「忝し」

鷹之介は、居酒屋で暴れた成果があったと喜んだが、小松杉蔵が自分の稽古場を持っているというのが意外で、三右衛門と顔を見合わせた。

杉蔵にも二人の想いがわかったようで、

「この稽古場というのが、某のちょっとした金蔓《かねづる》でござってな」

少し照れくさそうに言った。

「ほう、それは何よりじゃ」

三右衛門はニヤリと笑った。

鷹之介は首を傾《かし》げたが、三右衛門にはすぐに様子がわかる。

「武芸道楽を一人、まんまとたらしやったな」

「たらしたとは、人聞きの悪いことでござる」

そう言いつつ、杉蔵もまた、まんざらでもない笑みを浮かべた。

「伊東一水《いとういっすい》という、鎖鎌の師範がござってな。この御方に請われて、稽古場で師範代をしているというわけでござる」

「ほう、伊東一水殿……」

三右衛門には聞いたことのない名前である。

「伏草《ふしくさ》流鎖鎌術の先生でござる」

杉蔵は澄まし顔で言いながら、今度は豪快に笑った。

「まず、身過ぎ世過ぎでござる」

伏草流鎖鎌術・伊東一水。

師範の名も流派も聞いたことがない。

つまり、物持ちの武芸道楽が一流を創設し、道場を構える手助けをして、自分はその師範代に納まり、稽古場を自儘《じまま》に使っているということらしい。

「ははは、真に面目ない」

武芸を切り売りして、金持ちの道楽に付合っている自分を笑いとばしながらも、不思議とそこに卑屈さはない。

そこが特に、水軒三右衛門好みなのであろうと、鷹之介は思った。そして、彼の考え方に共鳴しつつある自分がもどかしくもあり、おかしくもあった。

人というものは、環境の変化や、人との出会いによってかくも変わっていくものか。

近頃はそれを思い知らされる鷹之介であった。

長年、剣術にいそしみ、武士の本分である武芸を磨いて生きてきたその体が、新たな武芸の体得を求めている。

頭の中で思い描いてきた理想は、現実を知ることで変わっていく。

武士たる者はこうあるべきだ、などと考えるのは容易いが、一人の人間が武芸を修得するのは理屈で出来ることではないのだ。

鷹之介は、杉蔵を真っ直ぐに見て、

「今からでも、その稽古場に伺いとうござる」

と、請うたが、

「頭取ほどの御方にそのように言われるとは身の誉れでござるが、とかく夜の稽古というものは、おかしな血が騒ぐものでござる」

と、杉蔵は畏まった。

――なるほど、確かにそのようなものかもしれぬ。

鷹之介は素直に受け止めたが、

「それならば、一水先生がおいでの折に、訪ねた方がようござるな」

三右衛門は、含み笑いで言った。

「是非、そう願いたい」

杉蔵は、満面に笑みを浮かべて、軽く頭を下げた。

――そうか、そういうことか。

公儀に新設された武芸帖編纂所頭取が、道場にやって来る。

武芸道楽の道場師範を喜ばせるには何よりのことになろう。

杉蔵の本音はそこにあるのだ。

――身過ぎ世過ぎか。

三百俵を給されている旗本の家に生まれた鷹之介には、なかなか肌でわかりにくい境地であるが、ここは杉蔵の顔を立ててやるのが何よりなのだ。

そしてこの若殿は、自分が立ち廻り方次第で、結構余禄のある地位にあることに、まるで気付いていなかった。

とはいえ、

「ならば、道場へは日の高いうちに訪ねることといたし、まずは一献傾けつつ、あれこれと武芸についてお聞かせ願おうか」

そのような時宜《じぎ》を口に出来るようになった鷹之介であった。

六

それから三人は、水軒三右衛門が存じよりの、赤坂田町《たまち》一丁目にある料理屋へところを替えて、しばし酒を酌み交わした。

収穫はあった。

小松杉蔵は、酒が入るとよく舌が回り、鎖鎌についての己が心得であるとか、攻撃の仕方であるとかを、箸を鎌に見立てて解説してくれた。

新宮鷹之介は、それらの話を実に興味深く聞きながら、刀術に長《た》けた者が首を突かれて倒されることはいかに起こりうるかを訊ねてみた。

杉蔵は、ぎらりと目を光らせて、

「しばらく鎌だけで戦い、暗がりの中、相手に鎖の存在を忘れさせ、よきところでこれを投げ打つ。そうして虚を衝かれてたじろぐ相手の太刀を鎖で巻きつけ、動きを封じた上で引き寄せ、必殺の鎌の一撃をくれる……」

たとえばそのような戦いになれば剣の達人も不覚をとるであろうと杉蔵は分析してみせた。

「なるほど……」

鷹之介は納得させられた。

自分が討たれたような気分になった。

夜の斬り合いとなれば、確かに鎌に気を取られ、鎖への警戒が薄くなるであろう。

だが、鎖は飛び道具でもある。分銅が真っ直ぐ飛んでくるかと思えば、また回転しながら横から巻き付いてもくる。

刀に巻き付いた時、すぐに諦めて刀を投げ捨て、小太刀にて戦う決心が出来るであろうか。

うろたえて、頑《かたく》なに刀を手から放すまいとして、かえって鎖鎌術の思うがままになるのではないか。

そんな考えが浮かんでくる。

険しい顔で思考する鷹之介を、杉蔵は一転して嬉しそうな顔で見て、

「何やら、心の内で頭取と勝負をしているような」

「今のところは、この鷹之介の分《ぶ》が悪うござる」

「いやいや、勝負はその場にならぬとわかりませぬぞ」

三右衛門は、ニヤリと笑った。

「頭取の懐には、三つばかり棒手裏剣が潜んでおりましょう」

「なるほど、まず太刀を捨て、野を駆け、手裏剣を打つ……！」

鷹之介は大きく頷いた。

杉蔵は、苦笑して、

「ふふふ、巻き付いた太刀が邪魔になり、こっちに体勢を立て直す間ができる。そこを狙われては辛《つろ》うござるな」

それでも手裏剣が命中するかどうかはわからない。

「手裏剣が外れた時は、いかがなされまする」

杉蔵が問うた。

「端から打った手裏剣が当るとも思うてはおりませぬ。だが、怯《ひる》ませることはできる……」

「いかにも」

「その途端、ひたすらに逃げまする」

鷹之介は、にこりと笑った。

「うむ！　ようござる」

三右衛門が膝を打った。

「負けぬことこそ、勝負の極意……」

称えられて恥ずかしそうに頷く鷹之介を見て、杉蔵は感じ入った。

「水軒殿、某もなかなかよい食い扶持《ぶち》を見つけてござるが、貴殿はまた一段とよい落ち着き先を得られましたな。羨《うらや》ましゅうござる」


そうして、武芸談議に華が咲いた三人であったが、

「近頃、鎖鎌で悪さをしている者はおりませぬか」

鷹之介が問うたものの、

「あいにく某には、そのような話は耳に入っておりませぬが、先ほどのお話は、いずれかに鎖鎌を遣う不心得者がいて、罪無き者を殺めたというものでござるかな」

と、眉をひそめた。

俄《にわか》武芸者を持ち上げて、そのおこぼれに与《あずか》るといった、とぼけた味のある杉蔵だが、鎖鎌に対する想いは強いようである。

鷹之介は、訊ねる限りは本当のことを言わねばなるまいと思い直し、

「討たれたのが誰かは、ゆえあってお話しできぬが、ある朝、土手で役人の骸《むくろ》が見つかったのでござる。体に負った傷は首筋についたもののひとつ。いったい、いかなる技で下手人は殺害したのか、その手がかりが鎖鎌にあるのではないかと、我が武芸帖編纂所にて見当をつけているというわけでござる」

と、火付盗賊改方が絡んでいるというところは伏せて、詳しく告げた。

「相手が役人となれば、なかなかの手練《てだ》れであったと思われまする。それを一突きに殺害した。いったい誰が……」

杉蔵は頭を抱えた。

彼にとっては迷惑な話である。凄腕の鎖鎌術の遣い手は、それほど江戸にもおるまい。となれば自分も疑いをかけられかねぬ出来事なのだ。

「申し上げておくが、某の仕業ではござりませぬぞ」

畏まってみせる杉蔵の真顔がおかしくて、

「ははは、端から疑《うたご》うてはおらぬよ。これはかえって気を揉ませてしもうたようじゃ」

三右衛門は、杉蔵の言葉を一笑に付し、

「とにかく明日、道場を訪ねることといたそう。伊東一水先生も、鎖鎌を道楽にするにはそれなりの理由もあろう。それを訊きとうござる」

と、静かに言った。

七

伏草流鎖鎌術・伊東一水の道場は、四谷《よつや》鮫《さめ》ヶ《が》橋《はし》坂にある。

一筋路地を入ったところの突き当りにあり、武芸道場というよりも、風流人の隠居所といった庵《いおり》の風情を醸《かも》している。

武芸道楽が高じて設えたが、そこはやはり俄仕込の引け目があって、ひっそりと開設したのであろう。

小松杉蔵と会った翌日の昼下がり。

新宮鷹之介は、約定《やくじょう》通り伊東道場を訪ねた。水軒三右衛門に加えて、松岡大八が従った。大八としては、鎖鎌の名手に是非会って己が研鑽の一助としたかったのである。

この日。師範の伊東一水は道場に来ていた。杉蔵はそれゆえ鷹之介に、改めて訪ねていただきたいと願ったのだが、一水は朝から杉蔵にその由を告げられ随分と興奮をしたようで、二十坪ばかりの稽古場の見所に鎮座する彼の表情は強ばっていた。

伊東一水は、武士の出ではない。若い頃に江戸に流れてきて、愛宕《あたご》下で開いた草団子の店が大いに当って、その傍ら鎖鎌の修得に努め、隠居後にとうとう一流を創設した。今は齢《よわい》五十五である。

「詳しい話は、本人が涙ながらに語るでござろうゆえ、その時にお聞き願いとうござる」

昨夜、杉蔵が含み笑いで言っていたので、一水からも鎖鎌事情が聞ければ何より
だと鷹之介は思っていたのだが、

「頭取、その儀については、あまり望んだとて詮なきことかもしれませぬな」

三右衛門が耳打ちするように、一水の緊張は、見ていておかしいくらいであった。

「こ、こ、これは、頭取様におかれましては、このようなむさとしたところへのお
出まし……恐縮至極に存じ……まする……」

「何卒《なにとぞ》よしなに……」

鷹之介も苦笑いを禁じえなかったが、

「まず、御師範代から御教授を願いとうござる」

一通りの挨拶をすませると、鷹之介は素早く稽古場へ出た。

この日の来訪の一義はこれにあるのだ。

「ど、どうぞ、どうぞ……」

杉蔵から話は聞いていたものの、自分が指南を求められたらどうしようかと、い
ささか不安に思っていたらしい。

立合稽古については、杉蔵との間で既に話が済んでいたのだと、ほっとした様子が顔に表れていた。

杉蔵の役割は、絶えず伊東一水の防波堤となり、一水が怪我をせず、恥をかかぬようにしてやることなのだ。

杉蔵は、木製の鎌に、木製の分銅が付いた鎖を取り付けた稽古用鎖鎌を手にして、稽古場に立った。

「ほう、これはありがたい……」

鷹之介は、その鎖鎌をまじまじと見ながら顔を綻《ほころ》ばせた。切っ先と分銅には安全のため、巧みに皮が被さっている。

これで存分に稽古が出来るというものだ。

鷹之介は袋竹刀を使う。

「ならば、まずは思うがままに立合《たちお》うてみましょうぞ」

杉蔵が、おもむろに鎖の分銅を振り回し始めた。

「いざ……」

鷹之介は、袴の股立を取り、襷を十字に綾なし、対峙するや左へ左へと回り込んだ。

右手で振り回す鎖は、その方が狙いを定めにくくなると判断したのだ。

「えいッ！」

ところが、杉蔵はすっと体を回転させて、鎖を打った。

裏から放った分銅は、鷹之介が予期せぬところから、右に左にとんできた。

二つまでは、跳び下がってかわしたが、三つめは鷹之介の体に巻き付いた。

鷹之介は素晴らしい瞬発力で、咄嗟に鎖を脇の下へ入れ、袋竹刀を持つ右手の自由だけを確保し、引かれる力に乗って、杉蔵に片手打ちをくれた。

「うむッ！」

その手並に、思わず三右衛門と大八は唸ったが、さすがに体に鎖が巻き付いた状態では、打ち込みが弱く、杉蔵はその一刀を難なく払い、

「えいッ！」

と、鷹之介の首筋に鎌を突きつけた。

「参りましてござる」

鷹之介は、鎖の戒めを解かれると、頭を垂れた。

「いや、頭取、さすがでござる。真剣で立合うていれば、某が斬られていたかもしれませせなんだ」

杉蔵は、太い息を吐いた。

「いや、左様なことは……」

「真剣ならば、刀の重みが違いまする。今のように打ち払えたかどうか、知れたものではござらぬ」

杉蔵の言葉に、三右衛門と大八は大きく頷いた。

鷹之介は、完敗を喫したと思っただけに、それに希望を取り戻し、

「今のお言葉を励みに、さらなる精進をいたしとうござりまする」

丁重に、立合の礼を述べた。

その身は三百俵取りの旗本。小松杉蔵とは身分が違うが、武芸場で指南を受ければ、相手は師として遇する。それが鷹之介の信条である。

とはいえ、師として遇された方は、大いに感激をしてしまう。杉蔵は顔を赤らめて、

「これは畏れ入りまする」

と、大いに照れた。

「お、お見事でござった！」

そして誰よりも感激したのは、伊東一水であった。

この道場を開いてからは、武芸の嗜みとして、とりあえず鎖鎌術がどのようなものかを体験しに門を叩く武士が数人いただけで、毎日のように稽古に来る門人が特にいるわけではなかった。

指南は小松杉蔵に任せきりで、稽古場において、今のような激しい立合が行われたことなど一度もなかったのであるから、一水は目を見張ったのだ。

彼とても、道楽とはいえ武芸を学んできた者の端くれであるから、それなりに目は肥えている。

新宮鷹之介の腕を見ただけで、武芸帖編纂所なる役所が、いかに大した組織であるか、思い知らされたのだ。

「まず、お近付きの印に、一献差し上げとうござりまする……」

一水は、伏草流の興隆はここにかかっているとばかりに、鷹之介、三右衛門、大八を麴町《こうじまち》三丁目の行きつけの料理屋へ案内した。

鎖鎌の腕は怪しいものだが、こういう接待には自信のある一水であった。

見たところ、新宮鷹之介は、なかなかの熱血漢で、潔癖な若者と思われる。

そういう相手には、派手に女芸者などを呼んで騒ぐよりも、美味い料理と酒でもてなし、自分の武芸についての想いを、素直にぶつける方がよいと達観していた。

料理は上品な一品料理ではなく、この日入ったという猪の肉を、味噌仕立で大根、焼き豆腐などと共に煮た猪鍋《ししなべ》にした。

これを豪快に女中によそわせて、大ぶりの椀で食べる。

酒は伏見《ふしみ》の下り酒をほどよい燗《かん》で飲む。

そこからは、自分の鎖鎌についての想いと、出合いを語り始めた。

一水の見方は正しかった。

鷹之介は、この接待には大いに満足をした。

伏草流に箔を付けるために付合うのならば、いくら金を積まれても御免だが、一水がどのようにして鎖鎌と出合い、道楽とはいえ、小松杉蔵を頼り道場まで開いたか、それには興をそそられる。

始終真顔で一水の話に耳を傾けた。

この頭取と、編纂方の古武士二人の前では気取ったところで仕方がない。

そういう安堵からか、一水は〝この人にこそ聞いてもらいたい〟とばかりに、伏草流創設までの道のりを、切々と語ったのである。

八

一水は野州《やしゅう》の貧農の子として生まれた。

本名は茂作《もさく》。次男坊で厄介者扱いされるのに反発して、

「おれは江戸へ出て一旗上げてやる」

と、周りの者達に大言を吐いて故郷を出た。

若い茂作は向こう見ずで、夢ばかりが大きかった。

そういう気性が、彼を江戸へと向かわせたが、世間知らずの田舎出の若者が、生き馬の目を抜く江戸の巷で、一旗上げるなど並大抵ではない。

まともに職に就くことさえ出来ず、本所《ほんじょ》の外れ、柳島《やなぎしま》村で仕事を求めたが、相手にされず、とうとう行き倒れてしまった。

百姓の家をとび出したものの、結局彼は百姓仕事に糧を求めたのだ。そしてそこでも拒絶され、飢えて草むらに倒れ込み、

——もうこのまま死んでしまおう。

と、その時茂作は思った。

そんな彼を助けてくれたのが、又兵衛《またべえ》という村の本百姓であった。

又兵衛は、軽々と茂作を抱え上げると、荷車に乗せて家へ連れ帰った。

家には女房のお芳《よし》と十八になる娘のお園《その》、それに小作人夫婦が離れ家に住んでいた。

又兵衛は、戦国の世にはいたであろうと思われる、精悍《せいかん》で武張《ぶば》った面構えに、鋼《はがね》のごとき引き締まった体付きをした百姓であったが、心根はやさしく、

「ゆっくりと食え。遠慮はいらぬ」

と、粥を食べさせてくれた。

一口啜ると元気が出たが、正気に戻れば恐れも生まれて、おどおどとした。

「よいから食え」

差し出された香《こう》の物を口にすると〝ボリボリ〟と大きな音がした。

思わず箸が止まった茂作を見て、お芳とお園がころころと笑った。

「もっと好い音をさせぬか」

又兵衛は、にっこりと笑って、自らも香の物を口にして〝バリバリ〟と音をさせた。

その途端、茂作はおいおいと泣いた。

そして、しっかりと香の物を噛みしめて、泣きながら粥を啜った。

翌日は、胃の腑も落ち着いたであろうと干物に熱い味噌汁で、炊きたての飯を食べさせてくれた。

この間、又兵衛も家人も、茂作の身の上については何も聞かなかった。

茂作は、懸命に百姓仕事を手伝った。

そうすることで、自分の出自を伝え、恩に報いんとしたのである。

「お前を助けてやることなど、どうというものではない。だが、皆がそれをせなんだのは、素姓の知れぬ者に関わるのが恐いゆえじゃ。世の中を恨んではならぬぞ」

又兵衛は、茂作にそんな言葉をかけてくれた。

茂作にとっては何よりであった。

「世の中を恨むな」

それを信じていればよき出合いもあろう。

そう思えば明日に望みが持てた。

又兵衛の許で働くのは、楽しくて仕方がなかった。

やさしくて強い――。

男はこうあらねばならぬと敬えたし、娘のお園は目鼻立ちの整った美人で、何かと茂作の世話をしてくれた。

娘の屈託のない笑顔を見ていると、一層野良仕事に精が出た。

さらに、若き茂作の血を騒がせたのが、時折、密かに庭で又兵衛が勤《いそ》しむ、鎖鎌術であった。

又兵衛が放つ分銅は、正確に的を叩き、木々に絡みつき、花咲く小枝を打って彼の手許に引き寄せられた。

そして、前後左右に足を捌き、縦横無尽に鎌を振る。地面に立てた太い竹は、いとも容易く真っ二つにされた。

その手並の凄まじさに、稽古を覗き見た茂作は感嘆を禁じえなかった。

なるほど、又兵衛はこのような武芸を身につけているゆえに、素姓の知れぬ茂作を家に連れ帰ることが出来たのである。

一家の長たる者は、いざという時に身を守る力を身につけているべきだ。

それが又兵衛の家に代々伝わる訓であった。

又兵衛は、驚きに目を丸くする茂作に、そう告げると、

「よいか、くれぐれもこの技を、外で使うでないぞ。これはあくまでも身を守る術なのじゃ」

固く念を押して、手ほどきをしてくれた。

茂作は喜んで鎖鎌術を又兵衛から学び、一通りの術を体得したのだが、ちょうどその頃合となって、

「茂作、お前が故郷《くに》を出てここまで来たのは、百姓の手伝いをするためではなかろう。そろそろ町へ出て己が想いを遂げるがよい」

又兵衛は、働いてくれた代だと幾ばくかの銭をくれて、ひとまず深川で物売りが出来るよう取りはからってくれた。

「ここからがお前の旅発《たびだち》だ。己に得心がいくまでは、我々のことは忘れて、会いに

来るではない」

厳しく言われて、茂作は又兵衛の許を出た。

「いつかまた、手伝いに来てね」

その折に、お園はそっと鎖鎌をひとつ物置小屋から持ち出して茂作に持たせてくれた。

「きっと来るよ……」

茂作は、又兵衛、お芳に深々と頭を下げると、お園と別れて柳島村を出たのである。

それからは、身を粉《こ》にして働いた。

まず草餅を売り歩いた。邪険にされて売れぬ時もあったが、

「世間を恨むな」

の戒を守り、笑顔を振りまいていると、そのうちによく売れるようになってきた。

やがては自分で草餅を拵《こしら》えてみようと、少しずつ貯めた銭で愛宕下へ移って、少し高価で甘味の強い物を売り出したところ、これが当った。

少し高価であるが気取りのない餅というのが、遣い物に重宝され、物持ちからも

受けがよかったのだ。

何といってもひた向きに商いに励む茂作の姿勢が受けたのであろう。

恨まぬ世の中が、茂作を三年ばかりで、奉公人を五人雇う、草餅屋の主人にしてくれた。

茂作が、勇躍又兵衛に会いに行ったのは言うまでもない。

又兵衛は、大いに喜んでくれたが、又兵衛の一家は数が増えていた。お園が婿を迎えていたのだ。

又兵衛の縁者で蓑吉《みのきち》というのがそれで、そういえば何度か又兵衛の家で見かけたことがあった。

「それは、おめでとうございます」

茂作は動揺を抑えて祝いを言うと、又兵衛に礼の品と金封を手渡した。

又兵衛は、これを拒んで、

「お前に貸しなど何もない。店を構えるまでになったようだが、一旗あげたとまでは言えまい。この先、お前が名を成した時に、この村で行き倒れていたという昔は知られぬ方がよい。おれは今日のお前のおとないを生涯の思い出としよう。そうして陰ながらお前の立身を祈り、楽しみにしているゆえ、もうここへは来るでない」

と、伝えた。

今思うと、又兵衛は茂作がお園に想いを寄せていたのに気付いていたのであろう。村で行き倒れたなどという暗い過去と共に、忘れてしまえと言いたかったのだ。

蓑吉は、人当りのよい好青年で、以前からお園の許婚《いいなずけ》であったようだ。

——当り前だ。この何年もの間、お園ちゃんが独りでいるはずはないんだ。

淡い期待を抱いていた自分が恥ずかしかった。

茂作は、又兵衛の自分への思いやりを受け止め、無理に礼の品を置いて、その後は柳島村へ行くことはなかった。

そしてひたすら商いに励み、妻子を得て今に至る。菓子店は利発で真面目な息子に譲り、大旦那として後見しているのだが、ある夜、小松杉蔵が木立の中で鎖鎌術の指南をしているのを見て血が騒いだ。

あの日、お園が自分に手渡してくれた鎖鎌は納戸の奥に眠っていた。

茂作は、何の道楽もないまま生きてきたが、又兵衛に学んだ鎖鎌術だけは、体が覚えている。

「もし、わたしにも指南していただけませぬかな」

気がつけば、茂作は杉蔵に声をかけていた。

杉蔵にすれば、身形《みなり》のよい商人風の男は金になる相手である。教授すると、素人にしてみてはなかなかに遣える。

「これは大したものでござる」

茂作をおだてて、それから時折、謝礼目当てに稽古をつけた。

功を成した今、茂作の胸の内に横たわる若き日のかぐわしき思い出は、夢中になって学んだ鎖鎌術がすべてであった。

いつしかのめり込み、伊東一水なる武芸者名を名乗るようになった。

杉蔵は、自分の知らぬ型を知っている一水に興をそそられ、そこに己が工夫を加え、〝伏草流〟なる鎖鎌術を創設してはどうかと持ちかけ、一水はこれに乗った。

一水にしてみれば、小さな稽古場を造るくらいはわけもない。

すっかりと家業は息子に譲り、今では杉蔵を頼りに、道場主として老いた身ながら鎖鎌術に打ち込んでいるのである。

九

ただの武芸道楽が、公儀武芸帖編纂所の名に惹かれて、酒食の接待をするかと思いきや、伊東一水の話には胸打つものがあった。

〝伏草流〟なる流派を創設したのは、いささか悪戯《いたずら》が過ぎるかもしれぬが、小松杉蔵もただ金蔓としてではなく、そこに新たな鎖鎌術の可能性を見出している。

それが、新宮鷹之介との立合で表れていたのである。

「なるほど、〝伏草流鎖鎌術〟というは、一水先生が若き日に学ばれたものに、小松殿が工夫を加えてできたものにござるな」

鷹之介は威儀を正して、

「これを、我が編纂所にて、武芸帖に書き加えておきましょう」

と、告げた。

いかにも鷹之介らしい――。

三右衛門と大八は、小さく笑って頷いた。

「ま、真でござりまするか……」

一水は感激に声が出なくなった。

杉蔵は、己が面目も立ったと、ニヤリとして畏まった。

「真でござる。ただの道楽で終らせず、この後も流儀に磨きをかけていただきとうござる」

「畏まってござりまする」

一水と杉蔵は同時に頭を下げた。

「さて、ひとつ気になるのは、又兵衛という百姓の名を記すか否《いな》かでござる。この新宮鷹之介が柳島村に出向き、その是非を問うてみとうござるが、いかがかな」

鷹之介はさらに問いかけた。

「その儀につきましては、委細《いさい》頭取様にお預けいたしまする」

やや沈黙があって後、一水は神妙な面持ちで応えた。

頭取が又兵衛を訪ねることで、自分が道楽で鎖鎌を修錬し始めたのがわかってしまう。又兵衛はどう思うであろうか。そうして、お園の今が知れるのが、一水の胸を締めつける。

何よりも、又兵衛が今でも健在かどうかもわからない。来るな、忘れてしまえと言われたのを真に受けて、今まで訪ねずに来たが、それでよかったのかを想うと落ち着かぬ。

もし又兵衛が亡くなっていたらと考えると何やら恐ろしい。

そんな想いが、哀感と共に一水の心の内をかき乱したのだ。

それでも、今日の新宮鷹之介との出会いは、又兵衛へのもやもやとした想いに決着をつけてくれるものとなろう。

一水は深々と頭を下げたのである。

鷹之介は翌朝早く、柳島村へと出かけた。

一水の面目を立ててやらねばならないと考え、供には若党の原口鉄太郎、中間の平助、覚内を連れて出た。

又兵衛がどのような男か見ておきたいと、三右衛門、大八もついて来たので、なかなかにいかめしい一行となった。

編纂所は、中田郡兵衛一人が留守を務めることになり、そろそろ新たに住み込みの編纂方を迎える必要に迫られた感があったが、大いにもったいがついた。まず一行を出迎えたのは、お園の婿の蓑吉で、鉄太郎のやや仰々《ぎょうぎょう》しいおとないの口上を受けて、

「これはようこそお越しくだされました」

慌てて、鷹之介を座敷へ案内した。

一水が話していた通りの人当りのよさで、五十半ばの温和な百姓であった。

すぐに、蓑助の息子の又一郎《またいちろう》が又兵衛を連れてきた。

祖父と孫はよく似ていた。眉はきりりと切れ上がり、又一郎はたくましく、又兵衛は矍鑠《かくしゃく》としていた。

鷹之介はほっとした。又兵衛はもう七十をとっくに過ぎているはずだが、その物腰には武芸者が持つ凄みが見受けられた。

「驚かせてすまなんだ」

鷹之介は晴れやかな表情を浮かべつつ、やさしい声をかけた。

三代にわたる男達の表情が思いの外、緊張に強張っているように見受けられたので尚さら気遣ったのだが、すぐに鷹之介の人となりが伝わったようで、

「畏れ入りまする……」

又兵衛の表情が和らいだ。

すると、すぐに若い娘が茶を運んできた。

「娘御かな？」

鷹之介が問うと、蓑吉は畏まり、

「里《さと》と申します」

と、応えた。

「忝し……」

鷹之介が目を遣ると、娘は幾分頬を赤らめたが、何やら少し怯《おび》えた様子で、頭を下げてそそくさとその場を下がった。

目鼻立ちが整った美人であるから、件のお園の娘なのであろう。

「仕事の手を止めてしもうたが、公儀武芸帖編纂所として、訊ねておきたいことがあってな」

鷹之介は、茂作こと伊東一水が創設した〝伏草流〟について、その成立の過程を語った。

蓑吉は、感じ入った表情を浮かべたが、又兵衛は微動だにせず、黙ってこれを聞いた後、

「茂作殿が、鎖鎌の新たな流儀を開いたとは、真に祝着《しゅうちゃく》にござりまするが、いささかわたしのことを買い被っているようにて……」

苦笑いで応えた。

「買い被っておる?」

「左様にござりまする。わたし共の鎖鎌術などというは、先祖伝来の手慰みのようなものでござりまして、武芸などというにはほど遠く、また恐れ多うござりまする。もう三十年も前のことでござりますれば、茂作殿の頭の中で、見事な技であったと膨れあがっているのではござりますまいか……」

「なるほど、左様か……」

「どうぞ、わたし共のことなどは、取るに足らぬものと、お忘れくださりませ」

「そなたの技を見覚えた者は、他におらぬのかな?」

「はい。見よう見真似の技でござりました。もうこの歳になってはいかんともしがたく、どうぞお許しのほどを……」

又兵衛は恭《うやうや》しく頭を下げた。

鷹之介は、ちらりと三右衛門と大八の顔を見た。

二人共に、ゆるりと首を横に振っている。

ここへ来るまでの道中、

「又兵衛は、武芸帖に記されることを望みはしますまい」

「恐らく、又兵衛の家では代々護身術として鎖鎌を修めてきたのでござりましょう。これを公にしては手の内が知れてしまいまする」

三右衛門と大八は、口々に言ったものだ。

泰平の世にあって、百姓が武に長けているのは、聞こえがよいものではないと言うのだ。

言われてみればその通りである。

「あの時、茂作に鎖鎌術など教えねばよかった」

又兵衛はそのように思うかもしれない。それは、一水のよき思い出を壊すことになりかねない。

そうは思いつつも、鷹之介は又兵衛が気になった。

鎖鎌の演武など見られずとも、茂作が伊東一水という名の武芸師範となり、あの日の鎖鎌を今も懐かしんでいると、又兵衛に伝えてやりたかった。

また、又兵衛一家のその後を、一水に伝えてやりたくもあった。

それゆえ、柳島村まで訪ねて来たが、これはあくまでも表に出さず、記録にも留《とど》めぬ、〝裏武芸帖〟として、鷹之介の頭の中に刻んでおけばよいのであろう。

「うむ。ようわかった。爺《じじ》殿の言う通りなのであろう。ひとつだけ申し伝えておきましょう。伊東一水は、そなたによって鎖鎌の妙味に目覚めた。それだけは確かである」

鷹之介は、そう言って、もう鎖鎌については問わずに、

「時に、この家の女房殿は息災《そくさい》か？」

姿が見えぬ、お芳、お園について訊ねた。

又兵衛は、蓑吉の方を見てから、

「女共は、女房も娘も亡くなりましてござりまする」

しみじみとした声で告げた。

鷹之介は、一水の話に聞いたお芳、お園の死に、衝撃を受けつつ、

「左様か、それは寂しいことじゃ。さりながら、そなたの孫娘はなかなかの縹緻《きりよう》よし。これからが楽しみじゃな。いや、手間をとらせた。もう参ることもあるまい。皆、堅固でな」

爽やかに言い置くと家を出た。

その時の安堵と哀愁の入り交じった、又兵衛の一家の表情が、鷹之介の目に焼き付いて、何やら妙に彼の胸を切なくさせていた。

十

「左様でございましたか。ありがとうございました……」

伊東一水が、涙ながらに礼を言った。

「きっと、穏やかで、幸せ多き一生であったことでござろう」

鷹之介がそれを労った。

二人は、その夜も麴町三丁目の、一水行きつけの料理屋で盃を交わしていた。

柳島村で又兵衛と会った後、新宮鷹之介は、わざわざ四谷鮫ヶ橋坂の道場まで出向き、次第を伊東一水に報《しら》せた。

若き日に彼が世話になった又兵衛の妻女・お芳が亡くなっていたのはともかく、心をときめかせたお園までもがこの世を去っていたとは、一水にとって堪え難き悲報となるはずだ。

それでも、武芸帖編纂所が又兵衛を訪ねると知った上はそれも気になるであろう。

ここは、見聞きしたことを余さず伝えるべきだと判断したのである。

「よくぞお報せくださりました。いつか、心の内でもやもやとしていた思い出を片付けねばならぬと思うておりました。お聞きしますと、お園さんは、息子と娘をもうけたとのこと。又兵衛のおやじ殿も達者にしておられるのなら、ようございました」

一水は、鷹之介の気遣いに感激して、再び彼を飲みに誘わずにはいられなくなったのである。

三右衛門と大八は同行しなかった。

二人共に口には出さねど、鷹之介が一水の若き日の悲恋に、特別な思い入れがあるような気がしたからだ。

「しかし、頭取……、お園さんが死んでしまったとは思いもよりませなんだ。美しい花は早く散るものなのでござりましょうか。え？　お里という娘は、目鼻立ちの整った縹緻よしですと？　それはお園さんに似たのでござりまするな……」

苦い酒を飲みながらお園を偲ぶ一水は、酔いに任せて心の丈《たけ》をさらけ出した。

会ったばかりで、しかも五十半ばの俄武芸者の哀切に充ちた繰《く》り言《ごと》など、若き頭取・新宮鷹之介にとって何がおもしろいのであろうか——。

それでも鷹之介は、相槌を打ちながらこれを聞いてやり、慰めずにはいられなかった。

又兵衛は、茂作の頃の一水に教えた鎖鎌はほんの手慰みで、取るに足らぬものだと言った。

大それたことを嫌う、又兵衛らしい物言いではあるが、若き日に己が胸を騒がせた鎖鎌術もまた、お園と共に思い出の彼方へ消えていったのだ。

今の鷹之介にはそれがいかに哀しいことかがよくわかる。

「老体に習った鎖鎌のことも、お園殿のことも、胸の内に大事にしまい、〝伏草流鎖鎌術〟を、この先納得のいくものに仕上げてくだされ」

それは自分自身に向けた言葉でもあった。

剣友・大沢要之助の妹・美津へのくすぶる想いを断ち切って、武芸帖編纂所を発展させねばならぬのだ。

「忝うござりまする。かくなる上は、少しでも長生きをし、残りの日々を鎖鎌術に精進いたしとうござりまする」

酔って身を揉む一水に労《いたわ》りの目を向けながら、

——構うてくれるなと言われても、何やら気になる。

又兵衛の頑《かたく》なな表情と、美しい眉間を曇らせたお里の様子が、鷹之介の心を落ち着かなくさせていた。

第三章　疑　惑

一

時節は十月初冬となった。

武芸帖編纂所では、ひとまず鎖鎌術についての考察を深めんと、伝書を紐とき、水軒三右衛門と松岡大八が、これを演武してみせる日々が続いていた。

朝晩の寒さは増していたが、鎖鎌熱は冷めることをしらなかった。

小松杉蔵にも、何度か武芸場に足を運んでもらい、稽古用の鎖鎌の意匠《いしょう》を訊ね、演武を願ったりした。

「いやいや、斯様《かよう》な役所があるとは、嬉しゅうなってまいりまするな」

杉蔵は、数々の武芸帖、伝書が置かれた書庫に加えて、十五坪ばかりではあるが、小人数の稽古にはちょうどよい稽古場が備わっている編纂所が、たちまち気に入ったようであった。

「ここへ来れば、頭取は元より、水軒さんや、松岡さんと稽古ができるのでござるかな？」

杉蔵は、まずそのように訊ねたものだ。

「小松先生が、鎖鎌術について、何か気付いたことなど報せてくれるのならば、いつでもどうぞ……」

鷹之介はこれを歓迎して、杉蔵を大いに喜ばせた。

鷹之介にしてみても、杉蔵との稽古は実りが多く、伊東一水の師範代でなければ、――いっそ、編纂方として来てもらいたいくらいだ。

口には出さねど、そのように思っていた。

杉蔵も鷹之介の気持ちを察したか、

「水軒さんと松岡さんが羨ましゅうござる。まったくよい人との巡り合せがあったのですなあ」

満更《まんざら》でもないが、武芸帖編纂所の三両の手当より、伊東道場での実入りの方がよいのは目に見えている。

世慣れた杉蔵は、

「とは申せ、某はまず伏草流を大成させませぬとな」

その上で己が都合のよい折に、ここの武芸場に来たいと、さりげなく伝えるのに余念がなかったのである。

そして、鷹之介が、柳島村に又兵衛を訪ねてから十日がたった夕べのこと。武芸帖編纂所に、このところは役儀に忙殺されて姿を見せていなかった、鷹之介の剣友・大沢要之助が、真によい間合でやってきた。

鷹之介は、早速彼を稽古場に招き入れ、三右衛門、大八との演武を交じえて、

「件の決め技についてだが、あれは鎖鎌相手に戦うたゆえのことではなかったか……。それが我らの見方である」

と、伝えた。

「鎖鎌……」

要之助は、目を見開いて、

「なるほど、そこに考えが及びませなんだ」

大きく相槌を打って、己が不覚だと口惜しがった。

「もう既に、それに気付いている御仁もあるに違いない」

鷹之介は火付盗賊改方への配慮を忘れずに、

「誰かに話す時は、あくまでも自分の考えだとした方がよかろう」

と、念を押した。

「忝うござりまする」

要之助にもその意味合いはよくわかる。

御先手組の加役としてその名を世間に轟《とどろ》かせている火付盗賊改方から見れば、武芸帖編纂所などは昨日、今日出来た役所で、新宮鷹之介などは、〝閑職に追いやられた青二才〟くらいにしか思っていない。

そんなところへわざわざ出向いて、探索の助けを求めているなどと知れたら、要之助の立場が悪くなるかもしれぬという気遣いであろう。

鷹之介の行き届いた配慮に、

「鷹様は、随分と大人になられましたな。それでは、子供のわたしは、己が智恵だと言って存分に好い恰好をさせていただきまする」

深く感じ入った後に、悪戯っぽく笑ってみせた。

「それならば、おれの顔も立ったというものだな。また何かあれば、そっと隣の屋敷へ訪ねてくれ」

鷹之介は、そのように告げて要之助と別れたが、何やら嫌な胸騒ぎに襲われた。

このまま、宮島充三郎殺害の一件は、火付盗賊改方で片をつけてくれれば言うことはない――。

そう思いながらも、このような想いに捉われるのは、

――要之助と会えば、美津殿が思い出されてどうもいかぬ。

という、未だ吹っ切れておらぬ自分の弱さを考えさせられるからであろうか。

――いや、そうではない。

要之助と話していると、彼の気性が、自分によく似ていると思われて、それが気になるのだ。

かつて命を助けられたという恩義に報いんがため、宮島を襲った下手人を、どこまでも追いつめんとするのはよいが、気持ちが先走ってあらぬ騒動を引き起こすの

ではないか。

そんな気がするのだ。

武芸帖編纂所は、所帯が小さい上に、少々のことは鷹之介の責任で出来る。

――だが、火付盗賊改方は、そうもいくまい。

ましてや要之助は一同心である。

少しずつ世間を知り始めた鷹之介の神経は、あらゆる機微に反応するようになっていた。

二

大沢要之助が所属する火付盗賊改方は、麻布狸穴《まみあな》に屋敷を構える、長沢筑前守《ながさわちくぜんのかみ》を長官とする御先手組の組織である。

筑前守の役宅が役所として機能し、要之助は組屋敷からこれへ出仕して、日々江戸の治安に努めている。

要之助の主な仕事は、市中見廻りが中心である。町中に怪しげな者がいないか、賊の巣などがないか目を光らせるというものだ。

そこから犯罪に繋がれば、様子を見定めて、速やかに上役に報告し、指図を待たねばならない。

単独で何らかの案件を受け持ち、独自に内偵を進めるなどは、まだ任されていないのが現状だ。

若い要之助には、さらなる経験が必要とのことだが、剣術は桃井春蔵の許で士学館に学び、何事にも長じていると評判である。

若さゆえに認められていないのは、要之助には不本意で歯がゆい日々が続いていた。

宮島充三郎が殺害された一件も、火付盗賊改方にとっての外聞もあるからであろうが、組内で一致団結して解決に向かおうという気運はなく、一部の与力が同心数人と共に、そっと調べを続けていた。

要之助は、その中にも入れてもらえず、悶々《もんもん》たる想いをしていた。

その日。

要之助は、同心の詰所にいて、報告書類の作成にいそしんでいたが、武芸帖編纂所で見た、鎖鎌と刀術の演武が頭から離れず、落ち着かぬ刻を過ごしていた。

ちょうどそこに、先輩同心の大河原嘉次郎《おおがわらよしじろう》が見廻りから戻ってきた。

大河原は、宮島とよく二人で一組となり勤務をしていた。

どこか謎めいたところのある宮島であったが、大河原とは仲がよく、二人で酒を酌み交わすことも多かったようだ。

ゆえに、宮島殺害の一件についても、捜査の一端を任されていて、

「どうも、とっかかりが摑めぬ」

などと嘆きながら、探索を続けていた。

「精が出るな」

大河原は、文机に向かう要之助に声をかけると、自らも書類に目を通し始めた。

「いえ、大河原さんも、あれこれ大変な御様子で……」

要之助は、にこやかに応えたものの、宮島の一件が気にかかって仕方がなかった。

詰所は、同心達の出入りが慌しく続いていたが、いつしか要之助と大河原、二人だけが残っている状態となった。

「差し出たことを申しますが……」

要之助は堪え切れずに、

「宮島さんの一件について、ちと考えたことがございまする」

と、切り出した。

大河原は、それを聞いて、

「宮島の一件で考えたこと？」

筆を持つ手をぴくりと止めた。

「はい。何ゆえに首筋をただ一突きにされて果てられたかということでございまする」

「そうか、おぬしはかつて宮島に助けられたことがあったのだな」

大河原は、要之助を真っ直ぐに見て言った。

日頃は、どちらかというと物静かな男であるだけに、彼の目には強い力がある。

大河原にとっては盟友であった宮島の死を、要之助が人一倍無念に思っている。

それが、嬉しかったのであろう。

要之助も、気分が高まってきた。

「宮島さんは手傷を負いながら、わたしを助けてくれました。あの時の恩は死ぬまで忘れません」

「ゆえに、何が何でも下手人を捕《と》まえてやろうと……？」

「いかにも」

「よし、おぬしの考えを聞かせてもらおう」

「はい……」

要之助は、大河原の傍へ寄って、

「大河原さんは、もうお気付きかもしれませぬが、宮島さんを殺害したのは、鎖鎌を遣う者ではないかと存じまする」

低い声で言った。

「う〜む……」

大河原は腕組みをした。そして、やや沈黙あって後、

「実はおれも、もしやそうではないかと、思っていたところだ」

静かに頷いた。

要之助の顔が赤らんだ。

大河原の我が意を得たりという表情を見ると嬉しくなってきたのだ。

「そうだとすれば、大河原さんは、下手人がどのような者と、お思いでござるか」

要之助は言葉に力を込めた。

「さて、それよ……」

大河原は低く唸った。

「宮島が鎖鎌で討たれたのなら、左耳の後ろ辺りを一突きに刺されて倒れていたのは頷ける。だが、腕利きの宮島を一撃の下に屠《ほふ》るとは、生半《なまなか》な相手ではない。それを考えると、ますますわからなくなるのだ」

「わたしもそう思います」

要之助は相槌を打った。

とてつもなく強大な賊の一味がいて、宮島充三郎がその内偵をしていた。

それに気付いた賊が、宮島を密かに葬ろうとして刺客を差し向けた。

しかし、宮島はなかなかの手練れであるし、火付盗賊改方の同心を襲うのに討ち損じは許されない。

そうだといっても、多勢で狙えば人目に付きやすいし、宮島も気付くであろう。

そこで、日頃はまず対戦することのない鎖鎌術の名手を一人送り込んだ。

たとえば植木屋の姿に化ければ、所持している鎌も怪しまれはすまい。

そうして、夜の見廻りをする宮島の隙《すき》を衝《つ》いて、柳原の土手で襲撃した――。

大河原はそのように推測していた。

要之助は相槌を打った。彼もまた、同様に推理を巡らせていたのである。

「だが、果してそんな相手がいるのであろうか」

大河原は、嘆息《たんそく》した。

「左様にござりますな。それほどの差配ができる一味となれば、火付盗賊改方で大方の察しがつくようなもの……」

そこが要之助にもわからないのだ。

当然、宮島もそのような相手ならば、内偵するに当って、与力の誰かには報告していたはずだ。

ところが、火付盗賊改方では未だに宮島殺害についての詳しい指示が、同心達に下りていない。

「まあ、もちろん、外聞を気にしてのことであろうが、鎖鎌で討たれたとわかったところで、そこから先へ進めぬというのがもどかしい」

まったく要之助も同感であった。

「それでも、大河原さんとこうしてお話しができただけで、随分と気が楽になりました」

疑惑に頭を捻っているのは自分だけではない。まず地道な探索から本質は見えてくるのだと、要之助は大河原に頭を下げた。

「おぬしの働きぶりには頭が下がる」

大河原は、にこやかに労ると、

「それはよいが、気をつけろよ」

すぐに眉根を寄せて、

「おぬしのことだ。鎖鎌のことなどを調べるに当っては、我を忘れて方々に足跡を遺したはずだ。相手がとてつもない闇の力を持っているとしたら、もうおぬしに目をつけているやもしれぬぞ」

と、忠告をした。見えぬ敵は、いつ要之助に刃を向けるかわからないと言うのである。

「はい。気をつけまする」

要之助は畏まってみせた。

言われてみればその通りであった。宮島が討たれたのは、

「まさか、そんなはずはない……」

との気の緩みであったかもしれない。

要之助は、火付盗賊改方の同心として、それなりの注意を払っているつもりではあるが、宮島の一件について動いている時は夢中で、我を忘れていた。

「ははは、おれの考え過ぎかもしれぬがな」

大河原は笑ってみせたが、要之助の首筋に冷たいものが走った。

新宮鷹之介と同じく、彼もまた真っ直ぐに突き進む、純情なる熱血漢であるゆえに、騒動の種を持っている。

そしてそれは、なかなか本人には気付かぬものなのである。

三

赤坂桐畑《きりばたけ》は、溜池《ためいけ》の西岸、赤坂田町の先にある土手である。

土手の強度を高めるためにと、多くの桐を植えたゆえにその名が付いたそうな。

日暮れて、池の水面に浮かぶ蓮《はす》が、何とも妖しげに揺れ始めた。

このような土手は、これからが不気味で人を寄せつけぬ頃合となる。

だからこそ犯罪の匂いが漂う。

大河原嘉次郎と、宮島充三郎の死について熱く語り合った二日後。大沢要之助は、市中見廻りに出ていた。

その順路には、この赤坂桐畑も含まれていた。

大河原に、

「……気をつけろよ」

と、言われてから、初めての夜の見廻りであった。

袴は着しているが、浪人風の地味な装い。

微行による見廻りで、不届き者達を吸い寄せ退治てくれんとする危険な任務である。

宮島も、この途中に襲われたのか、怪しい者を追って柳原の土手に足を踏み入れ、そこで逆襲を受けたのか。こうして人気のない道を辿ると、危険な務めであると、つくづく思い知らされる。

誰であろうがいつでも相手になってやるという気概はある。

――来るならこい。

しかし、人の緊張というものはなかなかに持続させることが難しい。

危険な場に身を置いて尚、異変のない時が過ぎると、油断しているわけではないのだが、宮島は土手でいかにして不覚をとったのであろうか、など考えが浮かぶ。

その一瞬に、隙が生まれるのである。

小半刻ばかり薄暗い道を歩いた時であった。

向こうの木立の中で、何やら物音がしたような気がした。

考えごとに思わず気が他所へいってしまっていた要之助は、はッとして五感を引き締め、耳を澄ますと、それは確かに人の唸り声である。

要之助は、注意深く辺りに気を配りながら木立の中へと足を踏み入れた。

しかし、そこには誰もいなかった。

――気のせいか。いや、油断はならぬ。

要之助はさらに気を引き締めて、左の手で刀の鯉口《こいぐち》を切りつつ、注意深くさらに一歩また一歩と進んだ。

それでも、辺りは静寂に包まれている。

日はさらに陰り、もうすっかりと夜の気配となっていた。

とにかく木立を通り抜けよう――。

ふっと左手を鞘から放した時であった。

横手から、黒い影が飛び出してきた。

「何奴……！」

咄嗟に右手は柄《つか》を握っていたが、一間遅れた。

抜刀しきれぬままに、影は要之助に襲いかかってきた。

ぎらりと光る刃が憎むべき風を立てた。

「むッ！」

要之助は危うく、影が横に薙《な》いだ一刀を飛び下がってかわした。

この辺りは、隙を埋めるだけの攻めに反応する力が自ずと身に備わっている要之助である。

闇の中で抜刀し、身構えると、敵は濃い色の上っ張りに股引き、顔は頬被りでよくわからないが、驚くべきはその手には鎌が握られていた。

さらに、敵は素早く鎌を左手に持ちかえると、右手で鎖のついた分銅を振り回し始めたのである。

「鎖鎌か……」

その動揺に乗じて、影は分銅を要之助に投げつけた。

分銅は、要之助の顔めがけて飛来したが、要之助はこれを何とかかわした。

横の桐の幹が鈍い音を立てた。

樹木の表皮がはじけとび、分銅はすぐに影の手に戻る。

「おのれ何奴。おれを火付盗賊改方と知ってのことか」

要之助は、相手の攻めを一間遅らせんと、言葉を投げかけたが、影はただ黙って間合を詰めてくる。

要之助が火付盗賊改方同心であることを、初めから知っているのであろう。

「ええいッ!」

影が低く吠えた。

その刹那、要之助の太刀に鎖鎌が絡まった。

対鎖鎌戦に慣れぬ者にとって、この体勢は厳しい。

いかに戦うかを考えれば考えるほど、焦りが生じて、敵を有利にさせるのだ。

影がニヤリと笑ったかに見えた。

その時であった。

「刀を相手に投げ打たれよ！」

背後から声がした。

聞き覚えのある声だ。

要之助には味方に思えた。

考えている間はない。

「えいッ！」

ままよと太刀を相手に投げ打ち、小太刀を抜いた時、

「おのれ曲者！」

背後の声の主が、前へ出て影へ斬りつけた。

影は、要之助が投げた太刀をかわしたが、太刀が巻きついたままでは鎖が思うように使えない。

「むッ！」

太刀が付いたまま、突如現れた助太刀の武士へと力任せにこれを放った。

「小癪《こしやく》な！」

武士は太刀でその鎖をすぱッと切断した。

暗い地面に、要之助の刀が鎖に巻かれた状態で落下した。

見事な腕前を見せたのは、水軒三右衛門であった。

影の刺客は、鎖の半分と分銅を失い、迷いなく一目散に逃げた。

思わぬ凄腕の武士が現れて、要之助に加勢をしたのだから当然であるが、その逃げ足の速さは大したものであった。二人は追跡を諦めた。

「忝し……」

太刀を拾い上げて鞘に納めると、要之助は三右衛門に深々と頭を下げた。

「まず、この場を……」

三右衛門は、切断した鎖と分銅を拾い、要之助を促して、足早に桐畑から出た。

この間、互いに相手の名を呼ばなかったのは、争闘に慣れた二人ゆえのことであった。

闇はますます深くなり、何ごともなかったかのように、辺りを静寂に包んでいった。

四

「ひとまず、新宮家の屋敷へ」

三右衛門は、要之助を連れて、新宮鷹之介の屋敷へ向かった。

そして何者かに尾行されていないか、細心の注意を払っての道中、

「いや、出過ぎたことをいたした。御容赦下されい」

と、助太刀するに至った経緯を語った。

「頭取が、何やら胸騒ぎがすると申されましてな……」

鷹之介は、武芸帖編纂所に訪ねてきた要之助に、宮島を殺害した者は、鎖鎌を遣うのではないかと告げ、鎖鎌術の解説までした。

熱血漢の要之助である。それを知った上は当然のごとく動き出すであろう。

しかし、思った以上に自分の行動が目立つのを本人はなかなか気付かぬものだ。

別れ際に話を聞くと、要之助の次の夜廻りは今宵であるとのこと。

巡路は日暮れてから桐畑を廻るという。

その辺りは、新宮家の屋敷とそれに隣接する武芸帖編纂所からはほど近い。

「余計なことかもしれぬが、三殿、大殿、そっと様子を見てやってくれぬか」

鷹之介は、二人に頼んだのであった。

「ほう、頭取の読みも深うなって参りましたな」

「我らにとってもよい退屈しのぎになりましょう」

三右衛門と大八は、このような危険と隣り合せの夜歩きは大の好物である。

交代で桐畑辺りを散策していようと話はまとまったのだが、

「一暴れできいで、松岡大八はさぞ悔しがることでござろう」

一通り語り終えると、三右衛門はからからと笑ったものだ。

「左様でござりましたか……」

要之助は、大いに恐縮しつつ、新宮屋敷へと入った。

すぐに編纂所から大八がやって来て、

「どうも三右衛門の方が、巡り合せがよいようだ」

案に違わず悔しがった。

「何を申すか。賊と出会えなんだのを悔しがるものがあるか」

三右衛門はそれを窘《たしな》めると、要之助が、

「鷹様……、何から何まで、真に言葉もござりませぬ」

鷹之介の前で畏まる横合から、三右衛門が桐畑での出来事について、自分の考えを述べた。

「某の見たところでは、宮島殿を殺害したのと同じ者であったとは、思えませなんだ」

「それはどういうことかな？」

「一通り鎖鎌を使《つこ》うてはおりましたが、さのみ強うはござりませぬ」

危ういところまで追い込まれた相手が、さのみ強くはなかったと言われると、要之助にとっては耳が痛かったが、

「なに、某が割って入ったのは念を入れたゆえでござるよ。あのまま立合うていたとて、大沢殿が後れをとることはまずござるまいて」

と、三右衛門は言う。

「三殿がそう言うのであるから、それは確かであろう」

鷹之介は頷いてみせた。

宮島充三郎を、ただ一突きに倒したほどの腕は持ち合わせていなかったとすると、要之助を襲った相手は、下手人の仲間であったということか――。

「ようわかりませぬが、先ほどの賊は、あわよくば大沢殿を討ち果し、さもなければ折を見て退散する……。戦でいうところの物見《ものみ》のような役廻りではなかったかと」

「なるほど、この大沢要之助を戒めんとしての襲撃であったかもしれませぬ」

要之助は、神妙な面持ちとなった。

大河原が忠告したように、このところ、要之助が宮島殺害の一件について嗅《か》ぎ回っていると気付いた何者かが、まず鎖鎌を遣って警告を発したということかもしれぬ。

要之助の推測に鷹之介は、

「ふふふ、要さんは、随分と目立った動きをしていたのかもしれぬな」

心配していた通りになったと、苦笑いを禁じえなかった。

〝人のふり見て我がふり直せ〟

と、いう言葉を噛み締めながらではあるが——。

「とは申せ、大沢殿を手こずらせただけの腕を持ち合せていたのは確かではないか」

大八が渋い表情を浮かべた。

「それが、本当の下手人でないとすれば、賊は何人も鎖鎌を遣えるということになる。いったいどういう連中なのだ」

「大殿の言う通りだ。ひょっとすると、鎖鎌だけではなく、あらゆる武芸を極めた者達が集う一党かもしれぬな」

鷹之介は首を傾げた。

「そんな一党が、この江戸にいるとは思えませぬが……」

要之助も納得がいかなかった。

若手とはいえ、大沢要之助とて昨日今日、火付盗賊改方の同心になったわけではない。

江戸に潜む犯罪組織については熟知している自負がある。

少なくとも二人以上が鎖鎌を遣えて、要之助が鎖鎌術について興をそそられているという事実をいち早く摑み、素早く桐畑で襲撃するだけの機動力を有する。

そんな組織があるとは、どうしても思えぬのである。

「だが、大八の言うように大沢殿が鎖鎌を遣う者に襲われた。それは確かなことじゃ。火付盗賊改方の同心と知っての狼藉《ろうぜき》となれば、目に見えぬ敵はなかなかに度胸があるというもの。これはますます気を付けねばなりませぬぞ」

三右衛門が静かに言った。

日頃は、酒と武芸以外のことには、まったくといっていいほど興味を示さぬ三右衛門であるが、こういった話になると、誰よりも辛辣《しんらつ》で当を得た意見を言う。

「小松杉蔵が、弟子を操りながら、よからぬことに手を染めているのかもしれませぬな」

そして、本気とも冗談ともつかぬことを言って周囲の者を煙に巻くのも、この男の癖である。

「ふふふ、そうかも知れぬな」

大八が笑い始めた。

「小松殿が聞けば、さぞ気が悪かろう」

鷹之介も失笑した。

こういう時は、一旦笑いとばして、頭の中を整理すればよいのだ。

鷹之介は、そういうことも、三右衛門に教えられたような気がしていた。

五

「さすがというところだな。大沢要之助、なかなかに遣う」

「いや、邪魔さえ入らなんだら、討ち取っていた」

「そうかな」

「どういうことだ」

「おぬしの鎖鎌は、付《つ》け焼刃《やきば》に過ぎぬ」

「付け焼刃だと？　それなら、おぬしの自慢の念流《ねんりゅう》と立合うてみるか」

「ふん、付け焼刃に後れをとるおれではない」

「よさぬか……」

言い争う二人を、一人が窘めた。

ところは、とある船宿の一室。

ここに三人の男がいて、何やら談合をしている。

一人の男は、先ほど火付盗賊改方同心・大沢要之助を襲った鎖鎌の男のようだ。

桐畑では、職人のような形《なり》をしていたが、今は袴を着した武士の装に変わっている。

要之助を襲ったものの、思わぬ凄腕の武士が彼の加勢をしたことで、脱兎のごとく逃げ出した後、ここで着替えをすましたものと思われる。

それを、念流の遣い手という武士がからかったというわけだ。

二人の諍《いさか》いを止めた今一人が、どうやらまとめ役のようである。

「大沢要之助がごときは、殺すまでもない。手傷を負わせ、この後、宮島殺しについて首を突っ込まぬよう、脅しをかける。それがそもそもの目的なのだ」

そのまとめ役が言った。

「それならば、ひとまず目的は果せたはずだ。大沢要之助は、鎖鎌にはまるで手も足も出なんだ。それをわからせただけで十分であろう」

「いや、存外に鎖鎌など恐るるに足らぬと思うたかもしれぬな」

「何だと……」

二人がまた言い争い始めたので、まとめ役もうんざりとして、手にした盃を膳の上に乱暴に叩きつけた。

「よせと言っている……」

低くずしりと響く声音に、二人は再び黙った。

「気になるのは、助太刀の者だ。鎖を切り落したというは、ただ者ではない」

その場はしばし沈黙した。

「そうだ。おれはそれを言いたかったのだ。名を呼び合いはしなかったゆえ、ただの通りすがりの者かもしれぬ」

「心得のある者ならば、無闇に人の名を口にせぬものだ」

「そう言われると、存じよりであったようにも見受けられた」

「その太刀筋は？」

「そこまではわからぬ。暗がりで顔もよう見えなんだし、浴びせられた一刀は、凄まじいものであったゆえ、その場を逃れるのがやっとであった」

「すぐにその場を逃れたのは、よい分別であったな」

「むきになって、こっちの正体を摑《つか》まれてはならぬゆえな」

「年恰好は、どうだ？」

「若くはなかった。それなりに年のいったおやじであったような」

「それはますます怪しいな。はていったい……」

まとめ役が頭を捻る。

鎖鎌と念流の二人は、怪訝な面持ちでこれを見る。

「武芸帖編纂所……」

やがて彼は呟くように言った。

「武芸帖編纂所？」

「何だそれは」

二人が口々に訊ねる。

「二人共知らぬのか。お上の役所として新たに設けられたのだ」

といっても、ほとんど知られていない機関で、諸国に伝わる武芸を記し、特に滅びゆく武芸については、これを掘り出して武芸帖に書き記すものだと、まとめ役はその概要を述べた。

その上で、

「頭取に選ばれたのが、新宮鷹之介という若造だ」

「若造が頭取を務めているということは、まったく相手にされておらぬ役所なのであろう」

念流が吐き捨てるように言った。

「侮《あなど》るではない。新宮鷹之介というのは、士学館で相当鳴らした男だと聞いている」

「士学館……。桃井春蔵の弟子というわけか」

「熱くなりやすい男だとか申す」

「いかにも若造だ」

「大沢要之助とは、共に学んだ仲で、随分と交誼《こうぎ》を重ねているという。腕が立ち、若く熱くなりやすい男が、大沢に付いていることになる」

「なるほど、そいつは厄介だな」

鎖鎌が渋い表情を作った。

「そして大沢も似たような男だ。宮島充三郎に命を助けられた恩義を未だ忘れずに、宮島を殺した連中は必らず捕まえてやると意気込んでいて、奴は鎖鎌によって殺されたのではないかと思い始めた……。これは兄弟子から智恵を授けられたのではなかろうか」

「そうかもしれぬな」

念流も頷いた。

「凄腕のおやじというは、もしかして、武芸帖編纂所の者かもしれぬぞ。編纂方には何人か腕利きがいるらしい」

鎖鎌は、それを聞いて動揺を浮かべた。

「あのおやじの強さは生半なものではなかった。しかもそれが、お上が選んだ武芸者となればますます性質《たち》が悪いぞ」

「その、武芸帖編纂所を当ってみるか」

これには念流も同意したが、

「いや、構わぬことだ。火盗改も、同心を殺された一件を、名も無い役所の力を借りて解決しようなどとは思うておらぬであろう。大沢ごときが動いたとて、どうということもない。宮島の二の舞になれば恥の上塗りだ。そろそろ火盗改の中でも、宮島の死が、鎖鎌によるものだと気付き始めている。それを言い立てた大沢要之助が、鎖鎌に襲われた。火盗の目は、鎖鎌ばかりに向くであろう。それでよいのだ」

まとめ役の男がうそぶいた。

この男こそが、さらなる鎖鎌の達人なのであろうか。

だが、そうだとすれば、火付盗賊改方の目を何ゆえ鎖鎌に向けるのか。

そして、この三人が宮島充三郎殺害の下手人なのであろうか。

宮島の死には、何やら複雑な事象が蠢《うごめ》いているようだ。

六

何者かからの襲撃を受けた大沢要之助は、新宮屋敷に一旦入った後、単身そっと帰路についた。

これを、水軒三右衛門と松岡大八が、影となって見守り、組屋敷へ入るのを見届けたのであるが、翌日の身の処し方は、悩むべきものであった。

見廻り中に、何者かの襲撃を受けたのである。その夜中に、火付盗賊改方の役所

に報告すべきであろうが、下手に報告すると、

「宮島充三郎の殺害の一件について、指図のないままに勝手に動いた上に、危険に身をさらしたのは不届きである」

との叱責を受けかねない。

叱責を受けるのは恐くもないが、それによって、宮島を殺害した者の行方を独自に追わんとしていたことがままならぬようになるのではなかろうか。

泣く子も黙る、荒武者の集まりと恐れられる火付盗賊改方ではあるが、ここもひとつの役所なのだ。

水軒三右衛門は、

「何者かに襲われたことなど、わざわざ上に報せずともようござろう」

黙っていた方が、この先何かとやりやすくなろうと要之助に己が考えを伝えた。

しかし、鷹之介は違った。

「いや、宮仕えをいたす身は、それが己の損得に拘《かかわ》らず、報せるのが務めであろう」

と言うのだ。

堂々たる正論を言われては、三右衛門も、

「ふふふ、頭取の仰せの通りでござりまするな」

返す言葉もなかった。

鷹之介は、今の役儀に就くまでは小姓組番衆として勤務していた。三右衛門や松岡大八のように武芸一筋に生きてきたわけではない。

組織にいるからには、その法に従わねばならない。いながらにして、あれこれと文句ばかりを言う者は、卑怯《ひきょう》だと思っている。

不足があるなら、やめてしまえばよいのだ。

やめて、自分の好きな道へ進めば、誰に文句を言われることもない。

それが新宮鷹之介の生きる道であるのだ。

「さりながら、火付盗賊改方は他の役儀と違《ちご》うて、正直に申したゆえに、おかしな方へ進むこととてあろう。まず今宵一晩、よう考えるがよかろう」

それでも、今の鷹之介には、これくらいの道理はわかる。

ひとまずは組屋敷へ帰したというわけだ。

要之助は、一睡も出来ぬまま翌朝を迎えた。

水軒三右衛門の言うことはよくわかる。

そもそも火付盗賊改方は、それぞれに悪人退治における裁量が認められているはずだ。

その最中に襲われたとて、まずは自分の想いに沿って動いてもよいだろう。

とはいえ、それではたとえ一時であっても、火付盗賊改方という組織をないがしろにすることになろう。

まず自分がいかに動き、いかなる難題に直面したかをはっきりとさらけ出す必要があるのではないか。

身に一点のわだかまりもない状態でこそ、務めは果せるのだ。

兄のように慕ってきた鷹之介の想いを知ると、要之助の肚《はら》は決まった。

妹・美津の婚儀も迫っている。

大沢家の当主として、堂々たる態度で臨みたいものだ。

「兄上、どうかなさいましたか……」

美津には、長年寄り添って生きてきた兄の苦渋が気配でわかるようだ。

心の奥底で慕い続けた新宮鷹之介への想いを断ち切った今、美津はよくある武家の娘のように、淡々として嫁ぐ日に備えて暮らしている。

女というものは、かくも気持ちが切り換わるものかと、我が妹ながら、要之助は驚くばかりであったが、その一方で美津は兄の様子をしっかりと把握していたようだ。

要之助は、妹に気を遣わしたのが何とも不甲斐なくて、

「どうかなさいましたか？　火盗改の同心などしていると、大変なことだらけだよ」

言わずもがなであると言って、強がってみせたのである。

そうして出仕した大沢要之助は、上役である和崎仁兵衛《わざきにへえ》という与力に、すべてを報告した。

和崎が、この報告を喜ぶはずはなかった。

新宮鷹之介からは、

「水軒三右衛門があの場に出くわしたのは、こちらが勝手にしたことだ。それゆえ、助太刀したのは、たまさか通りかかったからということになる。くれぐれも、その名を明かさぬように願いたい」

と言われていたゆえに、武芸帖編纂所と三右衛門の名は伏せたものの、

「通りすがりの武士に助太刀をしてもらいました。と、申しましても、あっという間のことにて、その御仁は名も告げずに立ち去ってしまわれて、これもまた不覚でござりました……」

などと助太刀の存在を伝えたので、

「何故、引き止めて名を聞かなんだのだ」

と、叱責を受けた。

もしも助けに入った武士が、要之助の素姓に気付いたら、火付盗賊改方の同心を助けたと、あらぬところで吹聴《ふいちょう》するかもしれない。その根回しをする必要があったと言うのだ。本来ならば、

「礼を言わねばならぬではないか。何故、名と住まいを訊かなんだのだ」

と言うべきところだが、この和崎与力は、組織にありがちな、感謝よりもまず体面、面目ばかりを気にする男であった。

こういう男には、やはり水軒三右衛門が言ったように、何も報せぬ方が、小心《しょうしん》な和崎本人のためにもよかったのかもしれない。

そんな想いも頭をよぎったが、こうして話してしまうと、それはそれで気分が楽になった。

そもそもが、宮島殺しの件について、火付盗賊改方では、これといった動きを未だに見せていない。

同じ組内の者の仇を討たんと、躍起になって何が悪いのだという、上への不満がもたげていた。

「和崎様は、宮島殿を殺害せし者がいかにして、首を一突きにして倒したかをどのように見ておいでにござりまするか」

要之助は、語気を強めて問うた。

「はて、宮島は首を一突きにされていたのであったか」

和崎は小首を傾げた。

そんなことにさえ、気が向いていなかったのか。

要之助の一本気はここに爆発した。

「お戯《たわむ》れを……」

要之助は、厳しい目を向けて、まさか知らぬはずはあるまいと言った。

「うむ、そうであった。そうであったな。首筋を一突きにされていたのであったな」

和崎は、話を合わせた。

武官である番方の武士が皆、気の荒い武張った男であるとは限らない。

和崎などは、番方《ばんかた》武士の子に生まれ、いつしか御先手組与力となったが、生来争いごとを好まぬ性格で、武芸よりも事務に長けていた。

それはそれで、火付盗賊改という加役を仰せつかった組頭にとっては、組織を運営する上で便利な存在なので、自ずと勝手方の仕事を任せられることになる。

荒くれ武士の多い組内には、あれこれと衝突が起こったりもするので、その調整役が彼の許に回ってきた。

争いを好まぬ和崎は、辛抱強く宥めすかして解決するので、いつしか長官からの覚えがめでたくなり、本人もその地位を守らんとするようになった。

ここに、役所の小さな権限を有する小役人が生まれるというわけだ。

こういう類は、下の者には口やかましく、やたらと統制しようとするが、意を決した様子で迫られると、一転して機嫌を窺い宥めようとする。

今は、要之助の気が勝った。

要之助は俄に起ち上がり、部屋の隅に掛けられてある木太刀を手に取った。

「こ、これ、何を始めるつもりだ」

和崎はうろたえたが、

「わたくしの思うところ、宮島殿はかく戦い、左の耳の後ろ辺りを鎌で突かれたのだと存じまする」

要之助は、構わず演武してみせた。

「これならば、遺された傷の謎も解けましょう」

「うむ。そうかもしれぬな」

和崎も頷かざるをえなかった。

「そのように推測をいたしておりましたところ、昨夜の次第にござりまする」

そして、自分が鎖鎌によって襲われたのは、宮島の死の真相を探らんとしていることを、宮島殺しの下手人に気付かれたからではなかったのか――。

要之助はことを分けて語った。

和崎は色を失った。

要之助の話は、筋道がしっかりと立っている。

話をまとめると、火付盗賊改方の同心が一人ならず二人までも、鎖鎌によって襲われたのだ。

これは一大事である。

幕府の治安を司る機関としては、最強と言われているこの集団に戦いを挑む者がいるのやもしれぬ。

そして、自分は勝手方中心に勤めていたゆえに、まったくそれに気付かなかったが、他の与力達は、薄々それに気付いて、密かに探索を始めているのではないのか、それが気になった。

和崎は大沢要之助の気性をよくわかっている。

宮島の仇討ちだと意気込んで、鎖鎌に辿り着いたのはよいが、それまでに目立った行動をとっていたのではなかったか。

それが災いして、目に見えぬ敵に襲われたとすれば、密かに〝鎖鎌の下手人〟を探索していた面々はよい面《つら》の皮である。

要之助が邪魔をしたと、自分達の不出来を彼のせいにして騒ぎ立てることも考えられる。

それが自分の組下だけに、和崎にとっては頭が痛いのだ。

「大沢、宮島殺害の一件について、おぬしは探索せよとの命を受けておらぬはずだ」

和崎は、予想通りの言葉を投げかけてきた。

「直に命は受けておりませぬが、仲間が一人殺されたのです。務めの合間を縫って、下手人の目星をつけんとすることの何がいけないのでございましょう」

要之助はついに嚙みついた。

「いかぬとは申しておらぬ」

こうなると、和崎の老獪《ろうかい》さが勝る。

「おぬしの心がけは称されるべきだが、それによって、組内の者の仕事がはかばかしゅう進まぬようになればいかがいたす。一助になればと思うたことが、仇になるやもしれぬではないか」

得意の宥めすかしが始まった。

「それは……」

和崎も正論で押してくる。要之助は、言葉が出ない。

「さらに、おぬしの身も案じられる。おぬしは務めのためなら命も惜しゅうないと覚悟を決めているのであろうが、火盗改の同心が次々と殺されては、悪人共が図に乗ろう。世間に示しがつかぬではないか。それとも、死ねばその後のことなどどうでもよいか」

「そのようには思うておりませぬ……」

要之助の勢いが萎《な》えた。

――やはり、報さねばよかったのかもしれぬ。

恨めしそうに、上目遣《うわめ》いで和崎仁兵衛を見ながら、要之助はどうにでもしてくれと、投げ槍な気持ちとなって、次から次へと出てくる、彼の小言を聞くしかなかったのである。

七

「随分と油を搾られたそうだな」

大河原嘉次郎が、ニヤリと笑った。

「まず、そのようなところです」

要之助が頭を掻いた。

上役である与力の和崎仁兵衛に、意を決して襲われた事実を報告したのはよいが、出過ぎた振舞いによる懲戒と、身の安全を守るという両面から、要之助は即刻見廻りの任を解かれ、詰所で書類の整理をさせられた。

組屋敷からの行き帰りは、他の同心達と共にするよう命じられ、二日がたった。

この間、和崎は、宮島殺害の一件を受け持つ大河原の上役の与力に、状況を説明して、改めて要之助に襲撃を受けた時の様子を報告させた。

受持ちの与力は、根岸惣蔵《ねぎしそうぞう》という四十過ぎの穏やかな武士であった。温厚な性格と裏腹に、剣をとっては一刀《いっとう》流を相当遣う。

仲間を殺された一件を担当すると、つい熱が入るものだが、根岸は何事も淡々とこなし、いざとなれば腕を揮《ふる》うというのが身上《しんじょう》で、真に適任であると言える。

根岸は、

「まず、無事で何よりであった」

と告げた後、状況をひとつひとつ訊ねた。

そこには何ら感情を挟まず、訊きたいことだけを要之助に語らせた後、

「大儀《たいぎ》であったな。後は任せておくがよい」

それだけ言って、要之助を下がらせたのである。

叱責をされぬ分、要之助は気になった。

根岸組にとって、有益なことを自分は述べたのであろうかと、それからはやきもきする刻が過ぎた。

そのような中、大河原がこうして声をかけてくれたというわけだ。

宮島に続いて、大沢要之助が鎖鎌で襲われたというのは、なかなかに衝撃が強い。

長官の長沢筑前守は火付盗賊改方の内でも、この件については一部の者にしか報せぬようにと下知《げじ》していた。

それゆえに、大河原は人のいない折を見て、絶妙の間合で詰所を訪れてくれたのだ。

「まず腐らぬことだ」

大河原は声を潜めた。

「根岸様は、おぬしのことを誉めておられたぞ」

「真でござりまするか」

「それはそうだろう。組下の者より、おぬしの方が熱心に下手人の影を追い求めていたのだからな」

「そう言われると、穴があったら入りたい心地でござりまする」

「いや、よう無事であったな。これも、おぬしの日頃からの精進が実を結んだというところだな」

「何の、ただ夢中に戦ううちに、助太刀をしてくれる者が現れた。運がよかったのだと思うております」

要之助は、声を震わせた。

武士としての面目を果たさんと考えた結果が、このような仕儀である。かなり腐っていたところであったから、大河原の言葉が嬉しかった。

「さらに、おぬしが鎖鎌で襲われたというのには驚いたぞ」

大河原は嘆息した。

「わたしも、まさかと思いました。もう少し大河原さんのご忠告を気にかけておけばようございました。決して派手に動いたつもりはなかったのですが、随分と御迷惑をおかけして申し訳のう思うておりまする」

要之助は威儀を正したが、

「なんの、敵にこちらの手の内を読まれているのがこれでわかった。気をつけねばならぬということだ」

「宮島さんのことについて、ちょろちょろと動き回るな、敵はそのように戒めんとしてわたしを襲ったのでしょうか」

「そのような意味もあるかもしれぬが、何よりも我らを攪乱《かくらん》させてやろうとしているのであろう」

「攪乱……」

「火盗改の動きは読まれている。となれば、下手な動きはできぬ。もしや内通している者がいるのではないか」

「まさか……」

「たとえばの話だ」

「疑心暗鬼にさせると？」

「そうだ。宮島が鎖鎌で討たれたというのも、これでもう一度考え直さねばならなくなった」

「そうでしょうか……」

「鎖鎌の疑いが持ち上がってきた時に、鎖鎌でおぬしを襲う。おれはどうもそこが解せぬのだ」

「なるほど。こちらの目を鎖鎌に向けるために、わたしを鎖鎌で襲った……」

大河原は頷いた。

「本当は、鎖鎌で殺害したのではなかったが、火盗改が鎖鎌かもしれぬと思い始めたゆえ、この辺りで鎖鎌で襲っておこう……。もっともこれは、深読みが過ぎるかもしれぬが」

「ますますわからなくなってきました」

「そこが敵の狙いだろう」

「敵にそのような隙を見せたわたしがいけませなんだ」

「気にするな。これで宮島殺しについて、また火盗改が本腰をいれるきっかけになればよいのだ」

「そのように言っていただけると少しは気も晴れまする」

「その意味においては、おぬしはもう十分に宮島への義理を果たしたはずだ。しばらくの間は大人しくしておくことだ。皆がおぬしの身を案じている。よいな」

大河原は、要之助を労った。

要之助は、それで報われたような気になって、

「畏まってござりまする。どうぞ宮島さんの仇を……」

と、頭を垂れたのである。

八

事態は混沌《こんとん》としてきた。

要之助は、内勤を強いられ、彼を襲った者の手がかりは摑めず、果たして賊は宮島を殺害した者なのか、それに関わりのある者なのか、はたまた宮島の一件とはまるで関わりのない者なのか——。

新宮鷹之介は、あれ以来まったく大沢要之助からの便りが絶えたことに、気を揉

んでいた。

組織にいながら、勝手な振舞は許されぬ。自分の想いが通らなかったとしても、正々堂々と務めるべきだ。

要之助にはそのように言っただけに、鷹之介はますます気になるのだ。

武芸帖編纂所を訪ねるのは気が引けるであろうが、新宮家に遣いをやるくらいのことは出来そうなものなのに、それもないというのは、

「上から禁足を命じられている」

ということであろうし、そのような折ゆえ繋ぎを取るのを控えているに違いないと鷹之介は見ていた。

落ち着かぬ日々が過ぎた。

水軒三右衛門が助けに入ったあの夜の争闘は、いったい何であったのか。

鎖鎌の男に襲われたとなれば、まず火付盗賊改方は、鎖鎌術に長けた者に目を向けるはずだ。

そうなると、小松杉蔵などは、飲み代を奢《おご》らせる代わりに鎖鎌術を教えたりしていた過去があるだけに、本当に疑いの目をかけられるかもしれない。

その辺りも気になるゆえに、大沢要之助が襲われた夜の身の証を立てられるようにと、伊東一水の道場に松岡大八を派遣して、概要を伝えておいた。

三右衛門はこれには失笑して、

「頭取、思いの外に鎖鎌術を学んでいる者は多うござる。杉蔵ばかりに疑いがかかりはせぬはず……」

と宥めたりしたが、三右衛門自身、鎖鎌の刺客を取り逃したことに忸怩《じくじ》たる想いがあった。

若き頭取が、自分の言ったことで、剣友が処罰を受けているかも知れぬと気に病んでいるのを傍で見ていると、いても立ってもいられなくなってきて、

「ちと、道場巡りをして参りまする」

ある日、三右衛門はふらりと武芸帖編纂所を出た。

この辺り、編纂方とはいえ、月三両の手当で暮らす水軒三右衛門である。

鷹之介の言う、宮仕えをする者の心得などまるで気にしていなかった。

若くて生一本な気持ちの好い頭取のために何かしてあげたい。

そのために動くのである。何の遠慮がいるものか。

冬晴れの空の下、彼の足は四谷へと向かっていた。

粋な縞柄の半纏《はんてん》に尻端折《しりっぱしより》の紺股引。置手拭をした男が、口上よろしく芝居の番付を売り歩いている。

三座では顔見世が始まっているようだ。

「今年も暮れ行くか……」

三右衛門はぽつりと呟いた。

明日をも知れぬ武芸者としての戦いの日々に身を投じて、いつしか老境に入った。よくここまで生きてこられたと思うし、ここまで生かされた意義は何なのかを、自分自身に問いかける日が増えた。

豪快な酒飲みとして知られる三右衛門も、一武芸者に戻る時は、そんな思考が浮かぶのだ。

「老いるというは、そういう理屈っぽいものなのかもしれぬ」

そして、生かされている意義の答えは、己が心の奥底に既にしまってあった。

時折、それを引っ張り出して、改良を加える。

その作業は、一人ゆったりと歩く時に限るのである。

何かというちに、四谷御門の堀端へと着いた。このすぐ傍に小体《こてい》な甘酒屋がある。

火付盗賊改方で差口《さしぐち》奉公を務める、儀兵衛が女房にさせている店であった。

店先の長床几に腰を下ろすと、女房のおきぬがすぐに三右衛門に気付いて、

「これは旦那……。すぐに参りますので」

小腰を折ると、儀兵衛を呼んできた。

今日のおとないは予《あらかじ》め伝えてあったので、儀兵衛は待ちかねていたように、奥からとび出してきて、

「わざわざのお運び、忝うございます」

と、畏まった。

「なに、通り道じゃよ」

三右衛門は、儀兵衛を隣に座らせると、

「気をつけねばな。わしもお前も見張られているやもしれぬ」

にこやかに言った。

「こいつは、あっしとしたことが……」

儀兵衛はピシャリと額を右手で叩いて、馴染の客と世間話をする体で、おきぬが運んできた甘酒を三右衛門に勧めながら、

「どうも、この度は、あっしが余計なことをしてしまったのかもしれやせん」

と、渋い表情を顔に浮かべた。

「ははは、お前のせいではない」

三右衛門は一笑に付した。

火付盗賊改方に出入りする儀兵衛が、大沢要之助と知り合い、要之助が新宮鷹之介の剣友だとわかり、嬉しくなって武芸帖編纂所に案内したのがそもそもの始まりであった。

それを儀兵衛は気にしているのであろうが、

「遅かれ早かれ、大沢殿は訪ねていたはずじゃよ」

三右衛門は、のんびりとした口調で慰めると、甘酒を美味そうに啜って、

「そんなことより、善八郎《ぜんぱちろう》殿とはうまく繋ぎがついたかな」

と訊ねた。

「へい。それはもう……」

儀兵衛は力強く頷いた。

江藤《えとう》善八郎。

御先手弓組の与力である。

火付盗賊改の加役を組頭が拝命した折、これに従って治安に務めたのだが、生来犯罪捜査が性に合っていたのであろうか。同心、手先を巧みに使いこなし、罪人の捕縛、追討に大いに腕を発揮した。

武芸も多才で、刀術、棒術、柔術、弓術に優れていたから、正しく火付盗賊改方にはうってつけの逸材であったといえる。

現在は組頭が加役から離れたので、元の御先手弓組に戻り江戸城各門の警衛等の仕事に就いているのだが、その腕を買われ、何か大きな案件が生じる時は、配下の同心を引き連れ、増役として今でも腕を揮《ふる》っていた。

ゆえに彼は、火付盗賊改方の中で顔が利く。

この日、水軒三右衛門は、儀兵衛に繋ぎをとらせ、江藤善八郎に会おうとしていた。

武芸修得に熱心な善八郎は、柳生新陰流に水軒三右衛門なる達人がいると聞きつけ、かつて熱心に教えを請うた。

三右衛門は、その情熱にほだされて、珍しく丁寧に稽古をつけた。

以後、善八郎は三右衛門を師と崇《あが》めた。とはいえ三右衛門はひとところに留《とど》まらぬゆえ、忘れた頃に再会を果たす日々が続いていたのだが、その間に、彼は善八郎に儀兵衛を預けていた。

博奕《ばくち》打ちの息子に生まれ、自らも四谷、内藤新宿辺りで顔を売った儀兵衛であったが、縄張り争いに巻き込まれ、危うく命を落しかけた昔がある。

通りすがりにそれを助けたのが三右衛門で、彼は儀兵衛がなかなかに目端が利くので、

「お前のようなやくざな男でも、人様の役に立つかもしれぬ」

と言って、江藤善八郎の許へ連れて行き、差口奉公をさせたのである。

人の出会いというのはおもしろいもので、若き日に放蕩《ほうとう》を重ねた善八郎には、儀兵衛も親分乾分の想いで仕えることが出来たのであろう。嬉々として差口奉公を務め、腕利きの手先となった。

善八郎が、火付盗賊改方として腕を揮う時は元より、

「三日に一度は、役所に顔を出してくれ」

と頼まれて、その時々で与力達からの仕事をこなすまでになっていた。

与力の中には、宮島殺しの一件を扱う、あの根岸惣蔵や、大沢要之助の上役である和崎仁兵衛もいるのだが、要之助が謹慎してからも、儀兵衛に調べ物の命はなかなか下らなかった。

恐らく火付盗賊改方としては、儀兵衛の腕よりも、彼を遣うことによって、組織におかしな噂が立たないか、それが心配なのかもしれない。

しかし、それは水軒三右衛門にとっては好都合であった。

これで心おきなく儀兵衛に用が頼める。

そして、まず江藤善八郎との繋ぎを取るよう頼んだのだ。

善八郎なら、火付盗賊改方の中にも彼の信奉者が多く、自ずと日頃から情報が入ってきているはずだ。

その上に、今は臨時での出役《でやく》以外は、火付盗賊改方から離れている身であるから、会って話を聞きやすい。

とはいえ、大沢要之助が、通りすがりの武士に加勢をしてもらったと、名は出さずにいるであろうものの、三右衛門は鎖鎌の刺客に関わってしまっていた。

いずれにせよ大っぴらに会うのは控えねばなるまい。

それで、儀兵衛のはからいによって、人目につかぬ料理屋で会うことになった。

ところは、市ケ谷長延寺坂《いちがやちようえんじ》にある〝もと村〟という店である。

表向きは旧交を温める酒宴であるが、どのような話を聞けるか、いつになく三右衛門の胸は高鳴っていた。

九

「まことに嬉しゅうござりまする」

〝もと村〟で久しぶりに酒を酌み交わして、江藤善八郎は大いに喜んだ。

「お訪ねしようにも、先生はなかなか摑《つか》まりませぬので」

「腕利きの火盗改方与力をして摑まらぬとは、わしもなかなかのものでござるな」

「なかなかどころではござりませぬ。儀兵衛からお噂は聞き及んでおりましたので、そのうちにとは思うておりましたが、武芸帖編纂方のお勤めが、少し落ち着かれるまではと、辛抱していたのでござりまする」

「武芸帖編纂方か……。この身には不似合いだが、水軒三右衛門も歳をとって、目の前の暮らし向きの安泰に負けたというところじゃよ」

「お戯《たわむ》れを……」

「ふふふ、新宮鷹之介という頭取が、何やら気に入ってしまいましてな。存外に楽しゅう暮らしておりまするよ」

「そのようで。儀兵衛もすっかりと頭取贔屓《びいき》のようでござりまするが、そういえば鏡心明智流に若き遣い手がいると、予々《かねがね》聞き及んでおりました……」

「その、新宮鷹之介でござるよ。まだまだ、某には歯が立ちませぬがな。ははは……」

「水軒先生のお顔を見ればわかりまする。随分と肩入れをなさっておいでのようにて」

三右衛門は、ニヤリと笑って、ひとつ頷いた。

「それが今、剣友のことで心を痛めておりましてな」

「それはいけませぬな」

「左様。この頭取が心を痛めたり、憤ったりする度に騒動が起こりますゆえにな」

「お話を聞きとうござりまするな」

「忝《かたじけな》し」

三右衛門は、他言無用にと、大沢要之助のおとないから始まった、鎖鎌の一件についてを語り聞かせた上で、

「これについて、善八郎殿の意見をお聞きしとうござってな」

「なるほど……」

「ここの飲み代は、この三右衛門が持ちますゆえに何卒《なにとぞ》」

「ははは、そう申されますと、御役に立たぬわけにはいけませぬな」

善八郎は、三右衛門の頼みを快諾した。

「このところ、火付盗賊改方も、いささか風紀が乱れているようにござりまする。そうと知りつつ、糾せば己に返ってくるのが嫌で当り触りのないように取り繕う。火盗が役所になってはなりませぬ」

長きにわたって、火付盗賊改方で腕を揮ってきた江藤善八郎には、今の体制が見ていてどうもしっくりとこないようだ。

「儀兵衛を使い、あれこれと調べてみまするゆえ、少しの間お待ちくださりませ」

「面倒をかけまするな。善八郎殿に迷惑がかからぬよう、こちらも身命を擲《なげう》つつもりでござるゆえ、どうか許させられい」

「いえ、わたしもちと、退屈をしていたところでござりまして、ちょうどよろしゅうござった。日頃は何かというと助けを求めてくるというに、宮島充三郎の一件については、何も言うてはきませぬ。それもいささか、心に引っかかっておりました」

善八郎の言葉にも力が込められていた。

「それに、先生が頭取に肩入れをしたくなるのと同じく、この善八郎も、大沢要之助という男がかねてより気になっておりました」

これには三右衛門も、

「一本気なよい男でござる」

と、相槌を打ったのだが、

「さりながら、宮島への恩義を忘れぬのはよいが、命を助けられたゆえに、大沢はいささか宮島を買い被っているようにて」

善八郎は、要之助の先走りを気にかけていた。

というのも、宮島充三郎は謎の多い男で、探索も時に荒っぽく、周囲の者からの評判は決して芳《かんば》しいものではなかったという。

特に、酒癖と女癖が悪く、何度か妓楼《ぎろう》や料理茶屋で騒ぎを起こしていたらしい。

一人での行動が多かっただけに目立たぬが、同僚、上役の知らぬところで、宮島から迷惑を被った者も結構いると思われる。

それでも、与力から叱責を受けると、その場は実に神妙な面持ちとなって素直に反省の弁を述べるし、凶暴な咎人には体を張って立ち向かう勇気は、同心内でも群を抜いている。

人には一長一短があるものだと、取り沙汰されることはなかったのである。

江戸の悪党達を震えあがらせる火付盗賊改方の面々は、元より腕自慢の荒武者揃いで通っている。一筋縄ではいかぬ者が多く、宮島だけが特に問題があるというわけでもないのだ。

「どんな理由があったにせよ、夜の見廻りで賊に討たれたは己が不覚。かつての恩義を思うあまり、あらぬところに走り出すのは、いかがなものかと存ずる。和崎仁兵衛は、小心者の役人とはいえ、大沢をしばし謹慎させたのは心得た差配でござりましょう」

善八郎は、さすがに内情をよく心得ていて、言葉のひとつひとつに切れがあった。

「善八郎殿の申される通りじゃな」

三右衛門は、心地がよかった。

「とは申せ、今の火盗改方に、大沢は小さいながらも風穴を開けてくれたように

て」

「いかにも、それを大事にしてあげとうござるな」

「大沢の動きにいち早く応えたのは、賊共が思いの外、焦っている証かもしれませ

ぬ」

「大した者達でもなさそうじゃな」

「まずは当ってみましょう」

十

その後、江藤善八郎は水軒三右衛門との思い出話を楽しみ、武芸談議に華を咲かせ、しばし美酒佳肴に時を過ごしたのだが、再会を約し別れてからの動きは素早かった。

儀兵衛達手先を方々に放ち、自らは火付盗賊改方の親しい与力、同心達と巧みに繋ぎを取って、宮島充三郎が討たれる直前の様子を調べあげた。

それはあくまでも部外秘であるため、下手に書付には出来ず、儀兵衛と彼の乾分、江藤善八郎の家来達が、その都度覚えて甘酒屋で吐き出した。

水軒三右衛門から江藤善八郎との談合のことを聞いた新宮鷹之介は、物覚えに勝《すぐ》れた中田郡兵衛を甘酒屋に遣り、郡兵衛はこれを巧みに符牒《ふちよう》に置き換え、編纂所で文書におこした。

それによると、宮島充三郎は、殺される直前に、ある賊の一味を探索していたようだ。

はっきりとその一味の正体はわからぬが、かなりの大物のようで、

「徒《いたず》らに動けば、相手に悟られてしまいましょう。わたくしに存念がございますれば、お任せいただきとうございまする」

まだ確証は得られぬものの、一味の隠れ家が本所の東方、押上《おしあげ》村、柳島村、亀戸村辺りにあるようだ。目立たぬよう潜行して取り調べたいと申し出たのだ。

その申し出を受けたのは、根岸惣蔵で、

「くれぐれも無理なきようにな。少しでも賊の動きが見えたならば、一人でことを起こさず、まず報せるのじゃ」

宮島にはそのように念を押していたという。

「その賊は、いったい何者なのであろうか……」

鷹之介は、三右衛門が独自に動いてくれたことに感謝しつつ、集まった情報を前に、神妙な面持ちとなっていた。

同心の大河原嘉次郎が大沢要之助に漏らした疑問は、まだ鷹之介の耳には届いていないが、鎖鎌が凶器かと気付き始めた頃に、わざわざ要之助を鎖鎌で襲った真意が見えてこないことについては同様に疑念を抱いていた。

しかも、三右衛門が見たところ、要之助を襲った者の鎖鎌の腕前は、それほどのものではなかったという。

火付盗賊改方が混乱しているように、武芸帖編纂所でも、まだその答えは出ていなかった。

しかし――。

宮島が、押上村、柳島村、亀戸村辺りを密かに探索していたというのには引っかかりを覚える。

中田郡兵衛が作成した、江藤善八郎の調書では、宮島充三郎が殺害される少し前に、

「この辺りの百姓共の中に、賊の一味がいるようにござりまする」

と、根岸与力に報告をしているのを、聞きつけた者がいたとある。

この百姓は、家を賊の隠れ家に提供していたというのである。

宮島がどのような調べによって、それを知ったか、今となってはまったくわからないそうだが、

「どうも、気分が悪うござりますな」

松岡大八が低い声で言った。

一同は頷き合った。

宮島が当りをつけていたという地域には柳島村があるからだ。

そこには、伊東一水の恩人にして、鎖鎌の名人であったという又兵衛とその一家が住んでいる。

鷹之介達が訪ねた折、又兵衛は、頑なに自分の鎖鎌などは手慰みに過ぎぬと言い張った。

さらに、家人達は役人が訪ねてきたことに戸惑いを見せ、孫娘のお里などは怯えた表情をしていたような気がする。

もちろん、百姓に限らず、庶民というものは、役人が突如訪ねてくれば、何事かと身構える習性がある。

しかし、〝柳島村〟〝鎖鎌〟〝賊の一味が百姓〟これらの言葉を繋ぎ合わせると、どうしても又兵衛一家が頭に浮かんでくる。

まさかとは思う。

だが、考えてみれば、又兵衛は娘婿である蓑吉、孫の又一郎に鎖鎌術を仕込んでいるのかもしれない。

一家の長たる者は、いざという時に身を守る力を身につけているべきだ――。

それが又兵衛が親から受け継いできた家訓であったと、一水は語った。

となれば、そこには三人の鎖鎌の遣い手がいることになる。

そのうちの一人が、宮島を殺害し、別なる一人が要之助を襲ったと、考えられなくもない。

要之助が宮島殺害の一件を持ち込んだことで、武芸帖編纂所が鎖鎌術について興をそそられ、柳島村まで又兵衛に会いに出かけた。

悪く考えれば、新宮鷹之介の剣友が火付盗賊改方の同心であることを突き止め、警告を発したとも取れる。

水軒三右衛門が助太刀すると脱兎のごとく逃げたのは、先日の柳島村へのおとないによって、彼が武芸帖編纂方の武士とわかったからではないか。

そんな推理も浮かんでくる。

「頭取の気が済むようにと思うたのでござるが、瓢簞《ひょうたん》から駒が出ましたかな」

三右衛門が、申し訳なさそうに言った。

「いや、これはきっとただの偶然だ。あの又兵衛の一家が賊の一味などあり得ぬことだ」

鷹之介はそんな詮索をして、伊東一水が茂作の頃に又兵衛から受けた恩、娘のお園への淡い想い、その美しい話が壊れてしまうのが忍びなかった。

もし万が一、宮島殺害の一件に絡んでいたとしても、それにはどうしようもない理由があったからに違いない。

「そうだ、あってはならないことだ……」

鷹之介はまた、噛み締めるように言った。

「もう打ち捨てておきましょうか」

武芸帖編纂所には関わりのないことであるから、後は火付盗賊改方に預けておけばよいのだ。

大沢要之助も、詰所に閉じ籠っているのであるから、身の安全は保たれているはずだ。

しばらくはじっとしていればよいと三右衛門は言った。

松岡大八もこれに相槌を打った。

しかし、鷹之介は気になってならなかった。

賊は、宮島殺しの下手人を、鎖鎌が使える又兵衛一家の仕業にみせかけているのかもしれぬとも思えてきたからだ。

「三殿、大殿、郡殿……。火付盗賊改方の面々は、さぞかし頭に血が上っているだろう。もう少し又兵衛一家の様子を見て、鎖鎌術がどこに向かっているのか確かめてみようではないか。出過ぎたことかもしれぬが、ここまでくればはっきりとさせたいのだ」

三右衛門、大八に異存はない。

中田郡兵衛は、おもしろくなってきたと、もう一度、彼が書き出した調書に目をやったのである。

十一

新宮鷹之介の正義への想いは、この度もまた武芸帖編纂の名の許に、真っ直ぐに突き進みつつあった。

ところが、世の中のしがらみ、組織同士の軋轢《あつれき》というものは、若き頭取に容赦なく降り注ぐ。

支配である若年寄・京極周防守への報告のため、久しぶりに永田町《ながたちょう》の通りにある京極家の屋敷へと参上した鷹之介であったが、

「近頃は、捕物の手助けまでしているそうじゃのう」

周防守は、開口一番そう言って、ニヤリと笑った。

「はて、それはいったい……」

鷹之介は小首を傾げたが、すぐに思い立って、

「火付盗賊改方から、何か文句がござりましたか?」

これは、鎖鎌の一件に違いないとばかりに、単刀直入に訊ねた。

その言い方が、口を尖らせた子供のようで、周防守は体を揺すって、

「まず、そんなところだ」

こちらもはっきりと応えた。

「何と申されているのでござりましょう」

「実に丁重な文句じゃな」

火付盗賊改方・長沢筑前守が、周防守に言うのには、

「組下の者が武芸帖編纂所に、あれこれと智恵を授けてもらいに行ったそうにござりまする。真にありがたいことではござりまするが、考えがあちこちと広がりまするると、若い者はどうも落ち着きがなくなって困りまする」

つまり、遠回しに〝ありがた迷惑〟だと言っているらしい。

「左様でござりまするか。それはまた、丁重なる文句でござりまするな」

鷹之介は気色《けしき》ばんだ。

教えを請《こ》うたのは、火付盗賊改方同心である大沢要之助の方である。

そして、要之助のしたことの何がおかしいのであろうか。

「そなたの想いはようわかる」

周防守は、ますます拗《す》ねた子供のような表情になる鷹之介が頬笑ましくて、にこやかに宥めた。

「つまるところ、火付盗賊改は、同心を一人殺された失態をできる限り人目にさらしとうはないということじゃ。武芸帖編纂所は、まだまだ行方が定まらぬ役所ではあるが、上様のお声がかりでできたものじゃ。何かの拍子に、そこから上様に、こ

の失態が曲がって伝わらぬか、などと気が気でないのであろうよ。そなたも一役所の長じゃ。そこは汲んでやるがよい」

齢六十二。何ごとにも動じず怒らず、淡々と事務をこなす周防守に言われると、鷹之介の体内に燃えさかる炎は、あっさりと鎮火させられてしまう。

こうなると、後は上の空に周防守の訓示を聞くだけになる。

水軒三右衛門は、こちらがよかれと思って協力したことが、かえって向こうを刺激する場合がある。火付盗賊改方などと揉めるのは鷹之介のためにはならない、と言った。

まったくその通りである。

三右衛門の言葉が身に沁みる。

――いや、だが、武芸帖編纂所がいかなる役所であるかを決めるのは自分の務めだ。新宮鷹之介は閑職に追いやられたわけではないのだ。

このように窘められたとて、鷹之介の意欲は衰えることを知らなかった。

番方の花形である、小姓組番衆から今の御役に就かされた折は、やる気も失せ、腐りもしたが、今は違う。

愛すべき武芸を邪《よこしま》なことに遣う者は、武芸帖編纂所の名にかけて許さぬ。

そんな気持ちが高まってきた時、

「とにかく、そなたに伝えるべきことは、余さず伝えた。だが、火付盗賊改方に面目があるように、武芸帖編纂所にも面目があろう。身共《みども》の意見をいかに捉えるのかは、頭取の裁量じゃ。上様は、おもしろい話を楽しみになされておいでじゃ。まず、しっかりとな」

周防守はこのように話を締め括った。

戒めつつ抜け道を作ってやる。どうせ己が信義を貫くであろう新宮鷹之介であるのをわかった上での周防守のありがたい配慮であった。

鷹之介はたちまち気力を漲らせて、

「畏まってござりまする。相手の想いを汲みつつ、己が裁量にて、この度は鎖鎌術を掘り起こす所存にござりまする」

周防守の前で平伏したのである。

第四章　秘　話

一

火付盗賊改・長沢筑前守から、思わぬ牽制を受けた新宮鷹之介であったが、

「我らはただ、鎖鎌術について調べているだけで、それから手を引く謂《いわ》れはない」

と、意にも介さなかった。

この若き頭取の姿勢には、

「いやいや、この若殿は、なかなかの頑固者ではないか」

と、水軒三右衛門はおもしろがって、

「若い頃は、あれくらいの気概がのうて何とする」

松岡大八は心打たれて、どこまでも守《も》り立てていくことを誓った。

そうはいっても、その後は火付盗賊改方も、将軍・徳川家斉の肝煎《きもい》りで出来た武芸帖編纂所に対して、文句を言ってこなかった。

筑前守は、己が体面を気にして、若年寄・京極周防守に苦情めいたことを言ったが、一人の同心が何者かに討たれたとて、そのことについてはどれほどの思い入れもなかった。

どちらかといえば、彼は飾りの長官で、実務は腕のある与力に任せきりの向きがあった。

与力達の機嫌をとるために、若年寄にかけ合う姿を見せて、己が面目を立てたのであろう。

いずれにせよ、鷹之介は、

「火付盗賊改方に楯突くつもりは露ほどもない。だが、相手がどう捉えるかはわからぬ。皆にも不自由をかけることになるかもしれぬが、堪忍してくれ」

屋敷においても、高宮松之丞始めとする家の者達にそう告げて、我が道を行った。

何ごとに対しても慎重で、やたらと心配性の松之丞は、

「殿、くれぐれも御短慮《たんりょ》なきように願いまするぞ」

などと言ってあたふたとしたが、大変だ大変だと溜息をつくのがこの老人の道楽であると、若党の原口鉄太郎や老女の槙などは見抜いている。

〝火盗改〟相手に一歩も引かぬ気構えを見せている鷹之介を、家来達は皆一様に誇らしく思ったものだ。

鷹之介の最大の関心事は、伊東一水が小松杉蔵と共に興した〝伏草流鎖鎌術〟の基になっている、柳島村の百姓・又兵衛が遣うという鎖鎌術である。

鎖鎌術には諸説あるが、そもそもは武器を持たぬ百姓が、護身やいざという時のために鎖鎌による武芸を生み出したとされている。

それを思うと、

「一家の長たる者は、いざという時に身を守る力を身につけているべきだ」

という、又兵衛の家に代々伝わる訓は、正しくこれにあてはまる。

この話を一水から聞いた時は、

「なるほど、武芸そのものが、この考えから生まれたといえよう」

深く感じ入った。

それゆえ、又兵衛の鎖鎌には興をそそられ、型だけでも見たいと思ったが、訪ねてみれば又兵衛は、

「先祖伝来の手慰みのようなものでござりまして、武芸などというにはほど遠く、また恐れ多うござりまする」

と言って、自分の腕前を見せるのを頑として拒んだ。

若い頃の記憶というのは、実際に起きたことの何倍もの輝きとなって残るものだと告げたのだ。

鷹之介はそれを、又兵衛の百姓としてのつましい生き方の表れと見た。

武士ではない者が、古《いにしえ》を偲《しの》び鎖鎌術を伝承する。

その生き方を乱してはいけないと思い、素直に柳島村から引き上げたのだ。

伊東一水が村で行き倒れ、又兵衛に救われた話と合わせて考えてみると、鷹之介の頭の中には、美しい田園の風景と、鎖鎌に秘められた情話が残った。

しかし今、又兵衛の鎖鎌術に黒い影がさしている。

いつしか、宮島充三郎の死に、これが関わっているのではないかとの疑惑が膨らんできたからだ。

しかも、まだ火付盗賊改方も、又兵衛が鎖鎌の名手であるとは気付いていないように思われる。

鷹之介としては今のうちに、それがただの疑惑であり思い過ごしだと、はっきりしておきたかった。

とはいえ、下手に動けば火付盗賊改方が、かえって又兵衛一家に目を向けることになりかねない。

鷹之介は動くに動かれず、歯がゆくて仕方のない日々を強《し》いられていた。

剣友・大沢要之助が鎖鎌で襲われ、それを水軒三右衛門が助けたのだから尚さらである。

二

そんな師走《しわす》に入らんとするある日のこと。

伊東一水道場の師範代・小松杉蔵が、ふらりと武芸帖編纂所に訪ねてきた。

「いやいや、すぐにでも御礼言上に参らんと思うたのでござるが、目立ってもいいかぬと存じまして……」

先日、大沢要之助が鎖鎌の刺客からの襲撃に遭った時、鷹之介はいち早く松岡大八を使者に立て、要之助の名を伏せた上で、

「鎖鎌を操る不心得者が、役人を襲ったとの由。嫌疑がかからぬよう、お気をつけられよ」

と、伝えた。

杉蔵には、それが何とも嬉しくて、大八が訪ねた折も、

「某のようなやさぐれ武芸者を、お気にかけてくださるとは痛み入り申す。くれぐれもよしなにお伝えくだされ」

丁重に礼を述べていたが、思いの外〝感激屋〟の彼は、鷹之介の厚意を無にしてはならぬと、しばらくは身を謹んだ上で、この日やって来たというわけだ。

鷹之介も、このところは気が晴れぬ日が続いていたので、

「ちょうどようござった。ひとつ御指南を願いとうござる」

杉蔵に鎖鎌の遣い方を学んだ後、

「今日は負けませぬぞ」

と、袋竹刀を手にして、立合を望んだ。

「頭取と立合えるとは、願っても無いことでござる」

杉蔵も張り切って、稽古用の分銅を振り回した。

「えいッ！」

杉蔵は、鮮やかに鎖を操った。

右かと思えば左。左かと思えば頭上から分銅は襲いくる。

「まだまだ！」

鷹之介は、翼を広げた若鷹が空中を旋回するかのごとく、力いっぱい稽古場を駆け回り杉蔵の攻撃をかい潜った。

「う〜む、若いというは、よいのう」

三右衛門は、これを見ながら大いに唸った。

「何の、おれはまだあれくらい動き回るのはわけもない」

大八は、目を丸くしながらも強がった。

力に任せて、若さに任せて技を繰り出すのは、武芸の神髄からはほど遠いことだが、まずは自分が持てるすべてを出し切るのが、稽古における心得だと、初老の武芸者二人は互いに思っている。

やがて——。

「うむッ！」

杉蔵の気合が響き、彼の放った鎖が、見事に鷹之介の袋竹刀に巻き付いた。

しかし、その刹那、

「えいッ！」

鷹之介は、ためらいなく袋竹刀を杉蔵へ投げつけたかと思うと、そのまま杉蔵の懐へ身を移した。

杉蔵の手に握られた鎌は、鎖に巻き付いた鷹之介の袋竹刀をかわす一間によって、出遅れた。

鷹之介は、左手で杉蔵が鎌を持つ右の二の腕を摑んで、投げを打った。

杉蔵は、巧みに受け身をとって、一旦床に体を回転させ、再び鎖鎌を構え直した。

しかもその時には、鎖に絡みついていた鷹之介の袋竹刀はきれいに外れていたのである。

「ははは、今日もこれまででござった」

鷹之介は、やはり敵わぬと頭を掻いた。

「いや、某に花を持たせてくだされたようで」

杉蔵は、やや憮然《ぶぜん》たる表情で応えた。

「花を持たせた覚えはござらぬが……」

鷹之介は小首を傾げて、

「先だって、三殿が鎖鎌に襲われた者に、そのまま刀を投げつけるようにと声をかけたと聞き、それを試してみたのでござるが、あの折は三殿が加勢をしたゆえよかったものの、今はこの鷹之介が刀を失い、小松先生は見事に構え直した。それゆえ、これまでと……」

「何を申されまする。今は、某の懐に入り投げを打たれたが、あの間合では某の鎌は遣えず、頭取に右の腕を押さえられ申した」

「いかにも」

「その折、もしも頭取の腰に小太刀があれば、某は右腕を斬り落されていたわけでござりまする」

「なるほど……」

鷹之介はにこりと笑った。
今は稽古ゆえ、腰には何も帯びていなかったが、日頃は必ず大小をたばさむ身である。
あの間合で咄嗟に懐に入られたら、いかな小松杉蔵も討たれていたと言うのだ。
「そうであった。小太刀を遣うことをすっかり忘れておりました」
鷹之介は、子供が親に教えを乞うように、三右衛門と大八を見た。
二人は、満足そうに大きく頷いてみせた。鷹之介の顔が、ぽっと赤くなった。
――美しい物を見た。
その想いが、初老の男達の胸をきゅッと締めつけて、何やら落ち着かなくさせていた。
それは、小松杉蔵も同じであったが、
「さりながら頭取、この次は同じ手は食らいませぬぞ」
強がることで、そんな心地から逃れようとしていた。

三

稽古の後は、酒となった。

武芸帖編纂所の書院に、中田郡兵衛を加えた五人で座し、酒肴は新宮家の屋敷から、原口鉄太郎と中間の平助が運んできた。

手長《てなが》海老をかりかりに焼いた一品に、野菜の煮染《にしめ》、あんかけ豆腐……。

このところ、老女の槇が拵える料理は気が利いている。

先日、鷹之介はそれについて槇を誉めつつ訊ねてみると、

「このところ、お殿様がお酒を召し上がるようになられたからでござりましょう」

で、あるそうな。

以前は、屋敷では滅多に酒など飲まなかった新宮鷹之介であった。

料理は酒との相性によって変わってくる。

今までは飯の添物であった一品が、酒を飲むことによって味わいが変わってきた。

それゆえ、鷹之介の舌に新たな発見があるのだと、槇は言うのである。

——何ごともそうかもしれぬ。

鷹之介が思うに、違うところから見れば、同じ物でも味わいが変わる。

武芸もまたそうなのかもしれない。

「さても楽しゅうござる」

小松杉蔵は、気持ちの好い稽古が出来た後に飲む酒ほど美味いものはないと、泣き出さんばかりに鎖鎌術への想いを語った。

「あれこれと、血なまぐさいことに鎖鎌が使われているのには、胸が痛みまするが、よしにつけ悪しきにつけ、鎖鎌術が世に取り上げられるというのは、それはまた嬉しゅうござりまする」

彼はそう言うと、

「おお、忘れておりました」

ぴしゃりと頭を右手で叩いて、懐から書付を取り出した。

そこには豪快な字で、人の名が書き綴られてあった。

「思いつくままに書きなぐってござれば、いささかお見苦しゅうござるが……」

子供の落書かと思えるような代物であるが、

「三右衛門の書付よりは、しっかりとしている」

大八は、にこやかにまず自分が手に取って眺めてから、鷹之介に手渡した。

「ふん、読み書きもろくにできぬおぬしに言われとうはないわ」

相変わらず、初老の二人は何かというといがみ合うのを楽しみにしているようだ。

「はて、これはいったい？」

鷹之介は、言い争いを制して、杉蔵に問うた。

「鎖鎌を遣う者の名を、思い出すがままに書き出してござる」

杉蔵は、大仰《おおぎょう》に畏まってみせた。

「ほう。なかなかいるものでござるな」

書付には、八人ばかりの名が記されてあった。

「分銅を振り回すと今では目が回るような年寄りも、三人ばかり入ってござるが」

「ははは、それはよい」

鷹之介は失笑して、じっくり目を通すと、その中に〝國井康太郎　御先手組同心〟というのがある。

「國井康太郎《くにいやすたろう》……。御先手組同心とあるが、存じ寄りでござるか？」

「いや、人伝《ひとづて》にその名を聞いたので、念のため書き記してござりまする。何でも、今は火盗改の加役に就いているとか」

「火付盗賊改方の同心？」

「存じ寄りの者が、一時共に鎖鎌術を学んでいたそうにて。と申しましても、その者の腕はというと、ほんの付け焼刃に過ぎぬとか。まず数の内でござりまするよ。はははは……」

「付け焼刃に過ぎぬ……か」

鷹之介はつられて笑ったが、火付盗賊改方というのが気にかかった。

大沢要之助から一度もその名を聞いたことがなかったからだ。

要之助は、宮島充三郎の死は鎖鎌によるものではなかったかと鷹之介に告げられてから、随分と鎖鎌術の探究に熱をあげていた。

それなのに、國井康太郎の名が出なかったというのは、國井が日頃は鎖鎌術を修めていると公言していなかったことになる。

それは何故だろう。

火付盗賊改方は、番方の中でも特に精鋭揃いで通っている。

付け焼刃で修めた程度の武芸を、わざわざひけらかさないということなのか。

しかし、小松杉蔵が名前だけでも聞き及んでいるのであるから、それなりに遣えるのであろう。

宮島殺しの下手人が、鎖鎌を使ったのでないかと、誰よりも早く気付くはずではないか。

ましてや、要之助が鎖鎌に注視し始めたのであれば、せめて私見くらいは伝えてやらないのだろうか。

以前、要之助が、

「火盗改は、一人一人がこだわりを持って動いておりますから、いざという時の他は、なかなかに水くさいところでございます」

と、こぼしていたのを思い出す。

――やはり、そのようなものなのか。

おれには知ったことではない。勝手に鎖鎌を学んでいろ。そんな同僚ばかりなら、さぞかし若い要之助は大変な想いをしているのであろう。

何か声をかけてやりたい。

兄想いの美津は、心を痛めているはずだ。

だが、美津に会いたくないという気持ち以上に、武芸帖編纂所が火付盗賊改方から睨まれている今、鷹之介が要之助に会うのは控えるべきだと思われた。

「はははは、某もいつの日か編纂方にお加えいただきとうござる。その折は水軒殿、どうかお口添えを願いたい」

「さて、それは魚心あれば水心じゃ」

「いかほど包めばようござる？」

「二人共、汚ない話をするではない」

「大八、この先我らも老いさらばえていくのじゃぞ。金はいくらあってもよいものだ」

「ほう、年老いて金の亡者になるくらいなら皺腹を掻き切った方がよいわ」

「おお、それは御立派。郡さん、松岡大八の一代記など書いてみてはどうじゃ」

「おもしろそうにござりまするな」

「見世物小屋で居合抜きをしていた頃の件など、さぞかしおもしろかろう」

「いやいや、酒に酔うて、大事の書付を居酒屋に忘れてきたという、水軒三右衛門の方がおもしろそうな」

おやじ達の愚にもつかぬ会話はしばし続いたが、鷹之介は上の空で、

「三殿、國井康太郎なる者が、どのような男か、ちと訊ねてくれぬかな」

ただ一人、真顔で腕組みをしながら言った。

四

「大八、案じていたことが、すっかりと確かなものになってきたのう」

「そう言いながらも三右衛門、おぬしは何やら楽しそうではないか」

小松杉蔵が訪ねてきた翌日。

水軒三右衛門は松岡大八と語らいつつ、早速動いた。

甘酒屋の儀兵衛を密かに訪ねて、彼に江藤善八郎に繋ぎをとってもらったのだ。

内容は、國井康太郎についての評判であった。

「お前に、このようなことを頼むのは気が引けるのだが……」

なかなかに面の皮が厚い三右衛門であるが、火付盗賊改方で差口奉公をする儀兵

衛に、その同心の身辺を洗わせるというのは、さすがに気が引けた。

しかし儀兵衛は、

「なんの、あっしは旦那のお声がかりで、江藤様の御用を務める者でございやす。旦那との間をお繫ぎするのに何の遠慮もござんせん」

嬉々としてこれを引き受けたのだが、

「國井康太郎という同心が、鎖鎌を遣うと小耳に挟んでな。武芸者のいかぬところで、どういうお人かと気になってちと教えてもらいたいのだ」

と、三右衛門が告げた時、

「ああ、あの旦那でございますか」

彼は一瞬、眉をひそめた。

國井のことをよく思っていないが、ここで余計なことは言わずに、まず江藤善八郎の許へひとつ走りしようと分別したのが見てとれた。

そして、夕方になって儀兵衛は戻ってきて、三右衛門と交代して甘酒屋を訪れた松岡大八に、善八郎の所見を伝えた。

それによると――。

「ああ、あ奴か……」

善八郎もまた、三右衛門からの用件を聞くと儀兵衛と同じようにまず眉をひそめて、

「儀兵衛、おれに訊くまでもなかろうよ。お前の見たままを、お伝えすればよい」

と、言ったそうだ。

「あっしも國井の旦那は好きじゃありませんが、江藤の旦那も同じようで……」

そして儀兵衛は、國井康太郎の素行の悪さを言い立てた。

善八郎に言わせると、宮島充三郎も酒癖、女癖が悪く、一部の者からは嫌がられているところがあったが、國井はその上を行くそうだ。

とにかく乱暴者で、國井の手先達は何かというと無理な頼みに付合わされて、気に入らなくなると、殴られたり蹴られたりするのである。

市中見廻りの最中も、袖の下をあからさまに要求したり、酒場でも虫の居所が悪いと、あれこれ客に難癖をつけて叩き伏せ、

「まあ、今日のところは勘弁してやろう」

薄ら笑いを浮かべて立ち去るという。

「おれ達、火盗改は、町の男共を震えあがらせておかねばならぬ。さもないと余計な仕事が増えるというものだ」

それが口癖で、乱暴者でいることこそが、火付盗賊改方のあり方だと真剣に思っているようだ。

お上の威光を背負った破落戸《ごろつき》ほど性質の悪いものはない。

「腕の方は、松岡の旦那の足許にも及ばねえでしょうが、叩き伏せちまったら、あることないこと言い立てるに決まっておりやすから、まずは相手にしねえことでございますよ」

江藤善八郎から、

「お前の見たままを、お伝えすればよい」

との言葉をもらっているのだ。儀兵衛は、日頃から快く思っていなかった、やさぐれ同心への不満が、ここへきて爆発したのであろう。次から次へと國井を糾弾する言葉が口をついた。

「國井の旦那が鎖鎌を修めていた？　きっと恰好をつけたい一心で、ちょいとかじってみたってところでしょう。余り人がやらねえ武芸を身につけておけば、何かの拍子に目立って、人から恐れられるんじゃあねえか、そんな邪な想いからに決まっておりますよ」

「なるほど、人と違うことをして恰好をつけるか。となれば、剣術などはからきし遣えぬのであろうな」

大八は、そんな奴が市中を取締っているなど言語道断だと、大いに憤った。

「他にもそのような悪辣《あくらつ》な同心はいるのであろうな」

「へい、そうなんでございますよ……」

儀兵衛は、いつも飄々《ひょうひょう》として深刻な話も笑い話に変えてしまう、水軒三右衛門のような男も好きだが、

「怪しからぬではないか！」

と、素直に憤ってくれる松岡大八のような男にも心惹かれる。

「ここだけの話にしておくゆえ、聞かせてくれぬか」

大八に問われると、少しばかり得意になって、

「國井の旦那のお仲間なんでございますが……」

その同心もまた國井に輪をかけたような男で、日頃は互いに、

「あんな奴は大したことがない」

と、罵《のの》り合っているのだが、悪巧みをする時はすんなりと手を結ぶのが、真に忌々《いまいま》しい。

名は、吉永峰之助《よしながみねのすけ》という。

念流の遣い手だと自賛しているのであるが、

「大方は、國井の旦那の鎖鎌と同じようなものでございましょう。いっそ二人で果し合いでもすればようございますよ」

「ふふふ。その通りだな」

大八は、儀兵衛の物言いがおかしくて、失笑したが、

「困ったものだな。人というものは、悪い奴には悪い奴が寄ってきて、いがみ合いながらも、共に悪事を働く……」

「まったくでさあ」

「それで、その吉永峰之助の他にまだいるのか」

「それが、これは申し上げにくいのでございますが、大沢の旦那が命を助けられたという宮島の旦那が、この二人とよくつるんでいたとのことでございます」

「それは真か」

「はい。あっしはあまりこの辺りの旦那方の御用は務めておりませんでしたので、よくわかっておりやせんが、そういえばいずれも与力の根岸様の組下でございます」

「もう他にはおらぬか」

「大河原嘉次郎という旦那が、お務めの折は宮島の旦那の相棒であったかと」

「大河原嘉次郎……」

「はい。もっとも、この旦那は穏やかで、おやさしくて、他のお二人と一緒にしちゃあいけませんが」

「左様か……」

大八は、火付盗賊改方の闇を覗き見たような気がして低く唸ったが、

「いやいや、あれこれとすまなんだな。水軒三右衛門は大酒飲みで、いい加減な男だが、おぬしのような男と懇意にしているところが奴の強みじゃ」

と、儀兵衛に笑ってみせた。

「へへへ、そいつはお買い被りってもんでございますよ」

「いや、おぬしは大したものだ。上手くは言えぬが、火付盗賊改方の手先を務めているのではのうて、江藤善八郎殿の手先を務めている。その心意気が何とも心地よい」

組織にとらわれず、人との繋がりを大事にして信義を貫く。

一人一人がそのような心意気で生きていけば、世の中の風通しはもっとよくなるのではないかと大八は思うのである。

「三右衛門がよろしく伝えてくれと申しておった。それから、頭取がこれを迷惑料に渡しておいてくれと仰せでな」

今の時期、三右衛門が頻繁に儀兵衛の許を訪ねるのは控えた方がよいと、この度は大八が甘酒屋に出向いたのだが、やはり儀兵衛の素早い動きはありがたい。武芸帖編纂所は感謝しているのだと言い添えて、大八は鷹之介から託《あずか》ってきた一両の金封を、儀兵衛の手に握らせた。

「頭取の殿様があっしに？」

三右衛門への恩義から、こうして動いているが、儀兵衛は自分と同じく、組織にとらわれず、己が正義を貫かんとする鷹之介にいつしか心酔していた。

ゆえに、その鷹之介に気遣ってもらっただけで満足であったので、丁重に金は辞退したが、

「それではおれが頭取に叱られる」

大八は、とにかく受け取ってくれと言って無理矢理手渡すと、そのまま儀兵衛と別れた。

火付盗賊改方に、鎖鎌術を修めた同心がいると聞いて興をそそられたのだが、その國井はろくでもない男であった。

さらに、國井は死んだ宮島充三郎とは、よくつるんでいたという。

つるんでいたとて、荒っぽい武士同士のことだ。何かの拍子で喧嘩になったかもしれない。それで國井が宮島を殺害した——。

あり得ることだと大八は思った。

五

「おい、殺害される前の宮島が、何をしていたか、次第に摑めてきたぞ」

國井康太郎が言った。

「奴は、本所の外れに盗人の巣があるやもしれぬと、密かに探索をしていたのではなかったのか」

吉永峰之助が応えた。

「そんなものはいつもの取り繕いに決まっていよう」

「と、なると、やはり女か？」

「そのようだ」

「まったく凝《こ》りぬ奴だ」

「おぬしも偉そうなことは言えまい。博奕打《ばくち》ちの女に手を出して、その博奕打ちを罪に落して島送りにしたことがあったではないか」

「相手は博奕打ちだ。遅かれ早かれ島送りになる身だったのだ」

「乱暴な奴だ」

「どの口でぬかしやがる。女のことなら國井、お前のしでかしたひとつひとつを言ってやろうか」

「わかった。互いに忘れよう」

「それがよい。して、宮島はどうした。あの辺りの百姓女に現《うつつ》を抜かしていたか」

「ああ、前から狙っていた娘がいたようだ」

「前から狙っていた？　宮島がそんなまどろこしいことをするのか」

二人の会話に、

「國井の言う通りだ」

と、まとめ役よろしく割って入ったのが、大河原嘉次郎であった。

この三人が、大沢要之助が桐畑で鎖鎌の刺客に襲われた後、膝をつき合わせて悪巧みをしていた、鎖鎌、念流、まとめ役の三人であることは言うまでもなかろう。

あの夜、要之助を襲ったのは國井康太郎であった。

ただし、宮島を鎖鎌によって殺害したのは彼ではなかった。

この三人は、仲間の宮島充三郎が殺害された一件を、火付盗賊改方の誰よりも必死で追い求めていた。

そして、下手人を自分達の手で密かに葬り去らんとする事情を抱えていた。

殺された宮島を含めた四人は、決して人に知られてはいけない、ある秘密を抱えていたのだ。

それゆえ、宮島が何者かに殺害されたと知った時、大河原、國井、吉永の三人は戦々恐々とした。

彼の死が、四人の秘密に繋がることかもしれぬと思ったからだ。

となれば、下手人はその秘密を知っているのかもしれない。自分達三人が捕えねば、下手人がそれを捕えた者に語ってしまうと、大変具合が悪いのだ。

「宮島は長年の盟友にござりますれば、何卒我らに探索をお預けくださりませ」

大河原は、すぐに上役の与力・根岸惣蔵を通じて、長官の長沢筑前守に願い出た。

國井、吉永が願い出ても取り合ったかどうかは知らぬが、日頃は実直で組内の評判も上々の大河原が申し出ると、説得力がある。

「まず、内々にて取り調べ、外へは噂ひとつ漏らさぬようにいたしまする」

大河原の申し出に、火付盗賊改方の同心が殺害されるという不祥事に、外聞を気にする筑前守は、

「くれぐれも、目立たぬようにな」

と釘を刺し、これを許した。

以降、根岸の許で大河原が中心となり、調べに当ってきたのだが、その道に通じ

ている三人をしても、宮島殺害の真実はなかなか見えてこなかった。

宮島は四人で行動を共にしていたが、前述の通り、謎の部分が多い男であった。

それは、少し病的なまでに女好きであった宮島の、他人に知られたくない恥部なのであろうと、三人はあまり気にも止めなかったのだが、今となっては、

「あ奴をもう少し見張っておけばよかった」

と、用心深い大河原は悔いているのであった。

人数を増やせばよいのだが、この一件に関しては下手に手先なども使えなかった。

三人の焦燥は募るばかりであった。

しかし、そのうちに國井が、

「宮島は、鎖鎌で殺されたのかもしれぬぞ」

と、言い出した。

彼は数年前に鎖鎌を密かに習っていたので、はたと気付いたのだが、自分が疑いを持たれてもいかぬと、しばらく口にしなかったのだ。とはいえ、考えてみれば宮島が殺害されたと思《おぼ》しき夜、國井は、大河原と吉永と共に根岸からの指図で、新たな見廻り地域の絵図の作成に当っていた。

「馬鹿な。何ゆえおぬしを疑うのだ」

大河原はそれを詰《なじ》ったものだが、鎖鎌と言われると、宮島の骸に遺された刺し傷に理屈がついた。

ところが、それからすぐに大沢要之助が鎖鎌に気付いて、大河原に告げてきた。大河原は焦った。要之助は、一本気の熱血漢で宮島に命を救われたという恩を受けていた。

そういう気性ゆえあれこれ騒ぎ出す恐れがある。しかも要之助は若年だが方々に顔が利き、同心としてはなかなかに優秀である。

気がつけば、先を越されているやもしれぬ。

そこで、あれこれ要之助を諭した上で、國井に鎖鎌で襲わせた。

鎖鎌の下手人が、要之助の動きを察知して、警告を発した——。

そのように見せようとしたのだ。

要之助が反撃して、國井の正体が露見してもいけない。

それゆえ、鎖鎌を見せつけて、すぐにその場を去る。追いかけてきたら、大河原と吉永とで待ち伏せて、助けるふりをして不意討ちにするつもりであった。

國井はそれに成功した。

突如、助太刀の武士が現れたのは想定外であったが、要之助を殺すと後が面倒であり、結局、逃げおおせたのは幸いであった。

要之助は、これをきっと上役に報告するであろう。

そうなれば、

「大沢要之助が、勝手に動き回ったゆえに、下手人にこちらの動きを読まれてしまった」

と、言い立てることが出来よう。

そして、今度の件で鎖鎌の下手人は、要之助襲撃に失敗したゆえ、もう姿を消してしまったに違いない。密かに進めていた探索が、これで水泡に帰したではないか。

そのように言えば、まずこの先、大沢要之助は宮島殺しの一件に関われないであろう。

おまけに、遅々として進まぬ下手人探索の言いわけにもなる。

ひとつ問題なのは、國井が要之助を襲った時に加勢した凄腕の武士である。

通りすがりのように思えたが、要之助の剣友・新宮鷹之介が頭取を務める、武芸帖編纂所の者であったとすれば面倒なことになろう。

武芸帖編纂所は、その名の通り、武芸全般について調査をしている役所である。調べてみれば、鏡心明智流の遣い手・新宮鷹之介の下に、水軒三右衛門、松岡大八なる凄腕の武芸者が付いているらしい。

しかもこの二人は、武芸百般に通じているとの噂だ。

剣友の命を救ってくれたという宮島充三郎の無念を晴らしてやろうと、おかしなお節介を焼けば、鎖鎌術の筋から下手人を割り出してしまわぬとも限らない。

それを恐れて、三人は長官の長沢筑前守の耳に届くよう、武芸帖編纂所が、大沢要之助にいらざる智恵をつけたゆえに、こちらの探索がややこしくなったと陰で吹聴した。

筑前守は体面を重んずる武士であるから、早速、若年寄・京極周防守に懸念を伝えたという。

これによって新宮鷹之介は、若年寄より苦言を呈されたようである。これで、彼もまたこの一件からは手を引くはずだ。

火付盗賊改方と、武芸帖編纂所とでは格が違う。江戸の治安が役儀でない小さな役所が、わざわざ首を突っ込んではくるまい。

大河原嘉次郎は、

「これで邪魔が入ることもなかろうが、いずれにせよ、早いところ片を付けて、下手人を見つけ出した上で、息の根を止めておかねばなるまい」

と言う。

そして、國井がとうとう、宮島が殺害される直前の動向を摑んできたのだ。

「宮島は、柳島村で盗人の隠れ家らしきところを摑んだといって、忍びで動き回っていたのだが、何度も村の娘と一緒にいるところを見られている」

國井の報告に、

「おれもそのように聞いている」

大河原も相槌を打った。

「その娘は、又兵衛なる百姓の孫娘で、お里というそうだ」

「好い女なのか」

吉永が興味津々に訊ねた。

「ああ。百姓娘にしては楚々《そそ》とした、なかなかの縹緻よしだという。いかにも宮島が好みそうな」

「だが、女には裏の顔があったということか？」

「そうかもしれぬ。娘が宮島を容易く殺せるとは思えぬ」

「又兵衛は、実は賊徒の張本人というところで、宮島に正体を摑まれそうになって、鎌で不意討ちに殺した……」

國井が推理した。

「さて、そこまではどうか知れぬが、百姓共が宮島の悪事に気付いていたとは、十分に考えられる」

大河原が渋い表情で、

「ここは臭い物には蓋をせねばならぬな……」

と、刀の鯉口《こいぐち》を切ってみせた。

六

日も陰ってきた。

冬の田圃道は、真に心寂しい。

遠くに見える家屋から立ち上るかしぎの煙が、妙に哀しい気持ちにさせるのだ。

新宮鷹之介は、本所の巨刹《きよさつ》・平河山法恩寺《ひらかわさんほうおんじ》の前を通り、この田畑に囲まれた百姓地を一人とぼとぼと歩いていた。

この時期、この時分に外歩きをすると、鷹之介は何故か父と母を思い出す。

とりたてて何を懐しむというわけではない。ただ、父と母がいた子供時代が自分にもあったのだという感慨が、しみじみ、ほのぼのと湧いてくるのだ。

鷹之介は今、柳島村へと向かっている。

水軒三右衛門を通じて、儀兵衛にあれこれと探索してもらった結果、國井康太郎と宮島充三郎は、素行不良で何かとつるんでいたと知れた。

國井康太郎は、鎖鎌を少しの間修得していたそうで、何らかの理由で宮島と言い争いになり、思わず鎖鎌で殺してしまったとも考えられる。

だが、その後の調べにおいて、國井よりも、やはり又兵衛が怪しくなってきた。

儀兵衛が、このところ宮島が、又兵衛の孫娘・お里を訪ねて柳島村まで出向いていたようだという情報を新たにもたらしてくれたのだ。

宮島は、酒と女で何度もしくじっていたと言われている。

先日、又兵衛の家で見かけたお里は美しく、そして、どこか翳《かげ》りがあった。

宮島がお里に懸想し、お里はそれを苦にしていたのではなかったか。

宮島は、お里が一人で田畑に出ている時を狙って、何やら話しかけていたようだ。

そんな時のお里は、いつも打ち沈んだ様子で、そそくさと宮島の前から立ち去っていたそうな。

その内に、宮島が自分になびかぬお里に業を煮やし、お里が外出をする折を狙って、想いを遂げんとした。

それを又兵衛が見つけ、鎖鎌で宮島を殺害してしまった……。

もしもそうであったとしたら、柳島村を訪ねた折、頑なに鎖鎌について話すのを拒んだ又兵衛と、鷹之介に茶を出すとそそくさとその場から下がった、お里の怯えたような表情の意味がわかる。

そして、そのことが又兵衛の鎖鎌術の伝承を難しくしているのならば、何とかして助けてやらねばならぬであろう。

あれこれ話を繋ぎ合わせると、非は宮島にあり、彼の死は止むを得ぬ状況が、引き起こした自業自得といえるものではなかったのか――。

とにかく話を聞きたい。

しかし、先日訪ねた時がそうであったように、又兵衛達にとっては、役人など役所が違えど、皆同じ穴の貉《むじな》で、どこでどう繫がっているかわからない。

助けてやると言ったとて、容易には信じまい。

それゆえ鷹之介は、供を連れず唯一人で、野良仕事から引き上げる間合を計って、又兵衛と話してみようとしたのである。

予め、百姓姿となった松岡大八が、又兵衛の日常を確かめてくれていた。

何もかも儀兵衛に頼むのも気が引けたし、火付盗賊改方でも、柳島村を張っているかもしれなかった。

それでは儀兵衛に犠牲を強いることになりかねない。大八ならば朴訥《ぼくとつ》な百姓が、親類を訪ねて来た風情が出る。

そこは上手く訊き出して、武芸帖編纂所に戻ってくれたのである。

「まず、三右衛門にはできぬ仕事でござりまするな」

本人も満更でもなかったのだが、お蔭で鷹之介はすぐに又兵衛の居場所がわかった。

三本杉の横の畑であった。

鷹之介は、そこに又兵衛を見た。

老いたりとはいえ、その立姿には寸分の乱れもなかった。

大地に深く根をはり、大空を窺う大樹のごとく、ずしりとした貫禄が体中に漂っていた。

本来の坂東《ばんどう》武者の姿を見たような気がした。

鷹之介は、どこかの代官の手代のような地味な装い、頭には菅笠《すげがさ》を被っていた。

その菅笠を手に持って、

「先だっては造作《ぞうさ》をかけたな」

と、声をかけた。

「これは……」

二人の間は、五間《けん》以上あいていたが、薄闇の中でも又兵衛は、声の主が誰かすぐにわかったようだ。

「このようなむさとしたところに、何用にござりましょう」

又兵衛は、ただ一人の微行姿の鷹之介を、驚いたように見て、畏まった。

「ちと、そなたに訊ねたいことがあってな」

鷹之介は、笑顔を絶やさず、又兵衛に近寄った。

「と、申しますと……」

又兵衛は恭《うやうや》しく応えた。

野良仕事を終えたばかりで、それぞれが帰り仕度をしているのであろうか、彼の周りには家人がいなかった。

それが幸いであった。

又兵衛自身、周囲に目をやって、鷹之介との再会に落ち着かない様子である。

「手短かに申す。火付盗賊改方同心・宮島充三郎なる者が、過日何者かに殺害された。その折、骸に遺されていた傷は、鎌によるものではないかと思われている」

鷹之介は、ずばりと言った。

「左様で……」

又兵衛は、落ち着いてこれを聞いていたが、いささか表情が強ばっているように思えた。

「その上に、宮島は、そなたの孫娘のお里に近付いていた節がある」

鷹之介は続けた。

「聞けば宮島充三郎は、素行が悪く、何かと難儀を起こしていたという。それゆえ、彼の者が死んだとて天罰が下ったと思う者の方が多かろう。それを糾すつもりもない。だが身共《みども》の他にも、このことに気付いている者もいるはずだ。それがどういうことかわかるな」

又兵衛は、黙って頷いた。

「何か理由があるのであろう。それを身共に教えてもらいたい。そなたの鎖鎌術を、絶やしとうはないのだ」

たちまち又兵衛の顔に苦悩が浮かんだ。

新宮鷹之介を見る限りにおいては、今の言葉の通り、純粋に鎖鎌術を守ろうとしてくれているに違いない。

そうは思えど、何もかも打ち明けてよいのだろうか。一家を守るべき男の苦渋がそこに見える。

「今、すぐにとは言わぬ。そなたにもあれこれ思うところがあろう。身共は、それを踏まえた上で力になりたい。明日、またこの時分に参る。今日と同じ、一人で参ろう」

鷹之介は、穏やかに言い置くと、又兵衛と別れて歩き出した。

又兵衛は、じっとその後ろ姿を見つめていた。

このお方にならすべてをさらけ出したいと思う気持ちが、さらに高まっているようだ。

このまま帰って、また明日一人で出直すなどと言ったら、年寄り達は何と言うであろう。

鎖鎌術を大事にせんとするのはよいが、一役所の長が、供も連れずただ一人で百姓の話を聞いてやりに行くとは、あまりにも値打ちがないと、高宮松之丞などは嘆くであろう。

乗りかかった船だと動いてくれている水軒三右衛門も、この先の火付盗賊改方との軋轢を想い、

「頭取は、火中の栗拾いがお好きのようでござりまするな」

などと言って呆れるであろう。

それでも、松岡大八といい、最後には笑ってついてきてくれる。

すべては鷹之介が持つ、若さへの憧憬《しょうけい》なのであるが、

——ありがたいことだ。

彼は素直に思っていた。

法恩寺にさしかかろうという松並木の道に出た時であった。

鷹之介の五感に緊張がはしった。

同時に四肢に力が漲《みなぎ》る。既に夜になろうとしている田舎道に、おびただしい殺気が漂っていた。

この辺りは、常の若殿とはわけが違う。

日々の務めを懸命にこなさんとする、生真面目な若侍は、鏡心明智流の遣い手にして、今は日々武芸に打ち込む練達の士なのだ。

どんなに青くさい思考に陥っていても、哀切に胸を痛めていても、戦いの本能は成熟の域に達している。

「陰に潜む者よ。何か用があるのか」

殺気の源に問いかける声は、古兵のそれであった。

応えの代わりに、宙が唸った。

凄い勢いで、小さな黒い塊が、鷹之介めがけて飛んできたのだ。

鷹之介は、難なくこれをかわして、抜刀した。

黒い塊は再び宙を舞い、その持ち主の許へと戻っていった。

それこそ、鎖鎌の分銅であった。

遣い手は頰被りに顔を隠し、鼻から下には甲冑《かっちゅう》の面頰《めんぼお》が付けられてあった。

「何者だ……。又兵衛……、ではないな……」

鷹之介の目に、その鎖鎌の主は、又兵衛より一回り体格にすぐれ、身のこなしも機敏に思えた。

「公儀武芸帖編纂所頭取・新宮鷹之介と知っての狼藉《ろうぜき》か！」

敵は何も応えぬ。

「ふふふ、応えるはずもないか。よし、相手をしてやろう」

鷹之介は、八双《はっそう》に構えた。

その途端、鎖は大きく旋回しながら、鷹之介の体に絡みつかんと飛来した。

鷹之介は、右に左へと激しく動き、見事に鎖をかわしつつ、木の後ろに立った。

「えいッ！」

鎖鎌は、その木の幹に鷹之介を括りつけんとばかりに飛んできた。

それを鷹之介は、跳躍一番、木の上に登ってよけた。

鎖鎌は木に巻き付いた。

「とうッ！」

鷹之介は、ぴんと張った鎖の上に、綱を渡るかのごとく片足を着くと、そのまま宙より敵に一刀を見舞った。

しかし、敵もさるものである。空より襲いかかる鷹之介に対して、木に巻き付いた鎖で体を引っ張って、鷹之介の足の下を潜って背後に回った。

――なかなかやる！

引かずにかえって前へ出た戦いぶりに、鷹之介は振り返りざま、ニヤリと笑った。

その時にはもう、刺客の鎖は木から放れていた。

「おもしろい！」

鷹之介は殺し合いの最中にも関わらず、この立合を楽しんでいた。

相手の鎖鎌は、小松杉蔵が遣う術《わざ》とも違うが、通じるところもあった。

これは稽古ではない。真剣勝負である。

しかし、稽古は真剣勝負をする時のためにある。その稽古が生かされていることが、鷹之介を興奮させるのである。

これはもう、武芸者の魔に取り憑《つ》かれたと言う他はない。

敵に動揺が起こった。

恨みや憎しみがあればこそ、真剣勝負では力が湧くものである。

それが、物見遊山《ゆさん》に出かけるような楽しげな目を向けられては調子が狂うのだ。

「さて、仕切り直しだ！」

鷹之介は、再び八双に構えて前へ出た。

敵は鎌で威嚇すると、間を計って鎖を放った。

鎖は、鷹之介の太刀に狙い通り絡みついた。

鷹之介はこれを待っていた。

「それッ！」

小松杉蔵との稽古の折に使ったあの手を、ここで試さんと絡みつかれた太刀を、

迷いなく相手に投げつけた。

そして、それをかわす相手の懐に、弾みをつけて飛び込んだのだ。

「むッ！」

相手が振り上げた鎌は空しく、その場に落ちた。鷹之介がいち早く小太刀を抜いて、峰打ちを右手にくれたのだ。

右手を打った小太刀は、その反動で、ぴたりと刺客の首筋につけられていた。

相手が、がくりと脱力した刹那、

「お見事でございました……」

並木の向こうから声がした。

「これは、おぬしの孫か？」

鷹之介は平然と訊ねた。声の主が又兵衛であると、容易にわかったのだ。

又兵衛は、小走りにやって来て、鷹之介の前に出て平伏すると、

「仰せの通りにござりまする。又一郎、お前は何ということをしたのだ」

又兵衛は、低い声で叱責《しっせき》したのである。

「かくなる上は、お手討ちにされても仕方なきこと。その前に、何もかも申し上げます」

七

その後、鷹之介の姿は、又兵衛の家にあった。

果して、鷹之介を襲った鎖鎌術の名手は、又兵衛の孫・又一郎であった。

あの伊東一水が、ほのかに想いを寄せた、お園の息子である。

又兵衛が、〝手慰みのようなもの〟だと言った鎖鎌術は、茂作という名の若き日の一水が心奪われた、あの輝きを失わず、代々受け継がれていたのである。

そして、又兵衛は鷹之介に疑惑のすべてを語らんと誓い、鷹之介は豪胆にも、ただ一人で又兵衛の家へと入り、一家の前で話を聞くことにしたのである。

いろりの奥にある座敷に座す鷹之介の前には、又兵衛、蓑吉、又一郎、お里が身を低くして畏まっていた。

「すべては、お里の身に振りかかった災いから始まったのでございます……」

お里が十四の時のこと。

まだあどけなさが残るものの、美しい娘に成長したお里は、村の男達の目を引いていた。

とはいえ、又兵衛は村一番の腕っ節の強さで知られていたから、その孫娘に滅多に手出しは出来ぬと、男達は誰もが分別をしていたが、ここに一人の流れ者がやって来た。

男の名は文太郎《ぶんたろう》といった。逃散《ちょうさん》百姓の一人で、ここまで流れてきたのだ。

かつて、伊東一水が流れてきた時もそうであったが、又兵衛は他所者にやさしかった。

物置小屋に泊め、食べ物を与えてやったのだが、文太郎は茂作とは違い、生来の怠け者で、やくざな性分《しょうぶん》であった。

口先だけで礼を言い、そのうちに何か盗んで出ていくつもりだったのだ。

それだけならよかった。文太郎は、あろうことか、まだ十四のお里に迫ったのである。

そこは村外れの薄野《すすきの》で、遣いに行った帰りのお里を、文太郎は待ち伏せた。

そうして、やさしい言葉をかけて、

「なあ、お里ちゃん、おれの女房になっておくれよ」

想いを遂げんと押し倒したのである。

お里は悲鳴をあげたが、そこは護身に鎖鎌術を取り入れ、代々稽古を積んできた又兵衛一家の孫娘である。

のしかかる文太郎から身をかわし、逆に利き腕を捻じあげ、足払いをかけてその場に転がした。

小娘に反撃され、文太郎は羞恥《しゅうち》と怒りで我を忘れた。

このままお里に逃げられたら、又兵衛、蓑吉、又一郎……、屈強な男達にどんな目に遭わされるか知れたものではない。

それが殺意に変わった。

「逃がすものかい……！」

文太郎は、逃げるお里を追いかけたが、お里は逃げつつ手頃な落枝を探していた。

利発な彼女はそのような咄嗟の判断が出来たのだが、身についた武芸の心得が新たな悲劇を生んだ。

「やめて！」

と、拾い上げた太目の枝で振り向きざまに打った一撃が、文太郎の眉間を打ち、当りどころが悪かったのであろう、文太郎はそのまま死んでしまった。

呆然と立ち竦むお里に、

「ほう、見事なものだな」

やさしく声をかけた武士がいた。

それが、火付盗賊改方同心・宮島充三郎であった。

彼はちょうど見廻り中で、この場に遭遇したのである。

「悪い奴でも人を殺せば罪だ。とはいえ、そもそもの非はこ奴にある。案ずるな、内々に済ませてやろう」

宮島はそう言って、お里を又兵衛の家へ連れ帰り、この一件をうまく揉み消してやった。

それは決して宮島の正義感によるものではない。ただの気まぐれであった。お里が小娘ながらも美しかったからに他ならない。

それでも又兵衛一家が宮島に恩を覚えぬはずはなかった。その後は柳島村界隈で彼を見かけると、

「お見廻り中に人目に立ってはいけませぬが、どうぞご休息を……」

と、微行の見廻りを気遣いつつ、家の庭や百姓地の路傍で、そっと茶菓でもてなした。

そして、その気遣いが災いした。宮島は異常ともいえる女好きである。日が経つにつれて大人の色香を備え始めるお里に〝女〟を覚え始めたのである。

その想いは、ゆったりと花を咲かせた後、花実をいただこうという変質的な愛情へと変わっていった。

又兵衛は、宮島にそのような一面があることに気付かなかった。宮島は隙をついて、お里に言い寄り始めた。

お里は、宮島の戯言《ざれごと》だと思ったが、やがてそうではないことに気付き始める。

「誰よりも好い女に育ててみせる。そのために、おれはお前を助けたのかもしれぬのう」

宮島は言外に、お里の文太郎殺しを散らつかせ、自分になびくよう迫ったのだ。

苦悩するお里の様子に、兄の又一郎が気付いた。

「構わないから話してみろ……」

兄のやさしい言葉に、お里は涙ながらに打ち明けた。若い又一郎が、宮島の汚さに激怒したのは想像に難くない。

その日から彼は、妹をそっと見守った。

そしてあの夜。

遣いに出たお里が、柳原の土手にさしかかったところに、宮島充三郎が現れて、遂に力尽くでお里に迫った。

「いつまでおれを、じらす気なのだ……」

かつて流れ者の文太郎が、お里にせんとしたのと同じことをしたのである。

お里は逃げた。

宮島の顔面に目眩《くら》ましの土と草を投げつけたのは、流石《さすが》の機転であったが、今度の相手は練達の武士である。

「おれから逃げようとしても詮なきことだ」

その言葉通り、みるみる距離を縮められた。

そこへ割って入ったのが又一郎であった。

胸騒ぎを覚えた彼はお里の迎えに出ていて、妹の危機に際して、体を張って立ち向かった。

「小癪な奴め……。斬って捨てる」

宮島は抜刀した。又一郎は鎖鎌で応戦する。

宮島は、刀術は諸流に学び、十手術、棒術にも精通していたが、さすがに相手が鎖鎌とあっては苦戦を強いられた。

それに対して、又一郎は日頃の修練が初めて実戦に生かされ、自分の腕がなかなかのものだと気付いた。その興奮が彼の力と勇気を倍増させた。

さらに妹への情、宮島への憎悪、若さゆえの無鉄砲、鎖鎌術への探究心――。それらが合わさって、又一郎は自由自在に技を繰り出せたのである。

そして遂に、

「うむッ！」

低い唸りと共に繰り出した鎌の一撃が、見事に宮島の左の首筋を捉えた――。

「愚かなことじゃ……」

二人の孫が気になり、遅れて迎えに出かけた又兵衛は、暗闇に響く刃の音が鎖鎌によるものと察知し、その場に駆けつけたのだが、もうその時には、宮島はこと切れていたのである。

八

「そうして今日の仕儀《しぎ》となりました……」

又兵衛は、うなだれた。

又一郎は鷹之介を疑い刃を向けたことが、今となっては空恐ろしくて、又兵衛の後ろで放心したかのように座っていた。

その隣では、お里が涙にくれている。

お里には罪がなかった。ただ、彼女が美しく生まれ、それに寄ってくる男達があまりにも酷かった悲運ゆえのことだ。

鷹之介の怒りは、やり切れなさに沈黙する蓑吉にたちまち伝わり、

「お殿様、どうか娘を哀れと思《おぼ》し召しくださりませ」

と、涙ぐませていた。

「怪しからぬ者共だ。お里に罪はない！」

鷹之介は、憤りを顕にすると、

「だが、ひとつ申しておかねばならぬ。又一郎……」

と、厳しい目を向けた。

「は、はい……」

「妹を守り、宮島充三郎と戦うたは、男として天晴《あっぱ》れであるが、元より鎖鎌は身を守るためのものであろう」

「は、はい。左様にございます」

「それが、身共を襲うたことによって、危うく邪《よこしま》な武芸にならんとした。よいか、このおれはお前達の力にならんとして本日又兵衛を訪ねたのじゃ。早合点をするでない！」

その凛《りん》とした叱責を受けて、

「へ、へへエーッ！」

又一郎は感じ入って平伏した。

「とは申せ、又一郎。そなたとやり合うた一時は、恐らく我が武芸の立合において、忘れられぬものとなったぞ。またいつか、互いに笑いながら、稽古をしたいものじゃな」

鷹之介は、そのように続けて、ますます又一郎を恐縮させた。

「お殿様。では、又一郎の罪は……」

蓑吉が恐る恐る訊ねた。

「宮島を殺害せしは、身を守るために止むなくいたしたこと。最前、身共とやり合うたはただの仕合稽古じゃ。ははは、これはこの鷹之介の勝ちであった。どうじゃな、又一郎」

「参りましてござります」

爽やかに負けを認める又一郎を見つめつつ、又兵衛と蓑吉は、大きく息を吐いた。

「お里が文太郎なる者を死なせてしもうたは、既に宮島充三郎が裁きをつけたこと。今さら掘り返す謂れはなかろう」

これにはお里も身を震わせつつ平伏した。

「さりながら、それは新宮鷹之介の想いであり、火付盗賊改方は何と思うかはわからぬ。そこでお里に問うが、宮島はそなたに何と言っていた。思い出したくもなかろうが、大事なことゆえ聞かせてくれぬか」

そうして、鷹之介はお里に訊ねた。

世情にはまだまだ通じていないが、人の日頃の言動に、その者の正体が表れると、鷹之介は信じていた。そこから考えれば、何者が大沢要之助を襲ったかに辿りつくと思ったのである。

又兵衛から話を聞くに、この家の者達が要之助の存在自体を知らないのは明らかだ。

となれば、頭に浮かぶのは、宮島の同僚の國井康太郎である。要之助が宮島殺しの下手人が鎖鎌の遣い手ではないかと疑い始めた。それを知る者の中で一番身近にいて、尚かつ鎖鎌を遣う男は國井である。

では、何ゆえ要之助を身内である國井が襲ったのか。それは要之助にこの一件に関わってもらいたくないからであろう。その真意は何なのか、そこがお里の話によって見えてきはしないか。

「あのお人が、わたしに申されたこと……」

お里は健気《けなげ》にも首を傾げて、懸命に思い出さんとした。

「そなたに言い寄るのに、たとえば己が自慢話などしなかったか」

「自慢話は多々ございました。三十俵二人扶持の同心でも、おれは他の奴らとは違って、内福《ないふく》なのだとか……」

「他の奴と違って内福？」

「はい。金はあるゆえ、お前には好い想いをさせてやるなどと」

「宮島は、その金の出所については何と？」

「好い内職があると言っていたかと……」

その口ぶりでは、他にも内職の仲間がいるようであったという。

役人が、不正の常習を匂わすような話をするとは、まったく噴飯《ふんぱん》ものであるが、女を口説く段になると、男はつい理性を失ってしまうようだ。

お前だから話す。お前だけに教えるなどと、女から見れば甚だ迷惑な打ち明け話をするらしい。

「左様か……」

鷹之介はじっと考えた。

どうやら宮島は、仲間と組んで割のいい怪しげな内職をしていたようだ。そこは火付盗賊改方のすることだ。法の目を潜るのはわけもない。

そして、その仲間こそが、國井康太郎、吉永峰之助なのであろう。

となると、宮島の死によって、彼の内職の秘密が人に知れる恐れが出てきた。それでは自分達の立場が危うくなる。

それゆえ、仲間内で宮島殺しを調べ、内々に処理しようと考えたのだ。

部外者に、入ってこられるのは避けねばならなかった――。

「宮島の仲間は、そなた達の秘事をいつか突き止めるであろう。その時は捕えるのではなく口を塞ぎにかかるであろう」

又兵衛達は神妙に頷いた。

「だが、その時が奴らにとって年貢の納め時となろう」

鷹之介は、くれぐれも用心を欠かさぬよう言い置くと、その日は柳島村を出た。

「鎖鎌で襲いかかった不心得者がいる家《うち》でございますが、今では又一郎も悔いております。今宵はお泊まりになられてはいかがでございましょう」

又兵衛は勧めたが、旗本はいざという時のために備えて、外泊は許されない。

文政となった今、それをどれほどの旗本が忠実に守っているかは疑わしいが、新宮鷹之介は、将軍・徳川家斉への忠勤に寸分の緩みがあってもいけないと心に誓っている。

もう夜も更けていたが、又兵衛の家を辞したのである。

しばらく田圃道を行くと、向こうに人影が見えた。

一瞬にして厳《おごそ》かにして、どこかやさしい気が漂った。

それは水軒三右衛門が醸す風情であった。

初めて会った頃にはわからなかった三右衛門の滋味が、今の鷹之介にはわかる。

幼い頃に、一度だけ非番の父が、剣術の稽古場に顔を出してくれたことがあった。

鷹之介の胸の内に、あの日の懐かしさが蘇っていた。

「三殿、迎えに来てくれたのかな」

「余計なことかもしれぬと思うたのでござるが、大八が行けとうるそう言うので参ってござる」

とにかく松岡大八のせいにする三右衛門である。

鷹之介は、ほのぼのとした笑顔を見せて、

「いや、忝し。帰りの道中、あれこれ聞いてもらいたい話があってな」

「それは幸いでござった」

三右衛門も白い歯を、夜の闇に浮かべた。

肩を並べて歩きつつ、鷹之介は又兵衛一家の秘話を語った。

武芸者にお人好しは禁物だ。

日頃はそれが口癖の三右衛門も、これを聞いては、

「放っておくわけには参りませぬな」

渋い表情で応えた。

「國井、吉永といった連中は、又兵衛一家が鎖鎌術を身につけていることに気付いているのですかな」

「はて、それはどうであろう。ただ、我らが気付いたように、宮島がお里に執心していたことには気付いているやもしれぬ」

「となれば、宮島の仲間達の動きを摑んでおかねばなりませぬな」

鷹之介と三右衛門は、しばし語り合い策を練った。そして赤坂丹後坂に戻った時、二人は大きく頷き合ったのである。

九

その三日後であった。

深夜の柳島村の田圃道を行く三つの影があった。

提灯も持たず、星明かりだけを頼りに気配を殺して歩く三人はただ者でない。

それも頷ける。この三人は、火付盗賊改方同心の、大河原嘉次郎、國井康太郎、吉永峰之助であった。

三人は上役の根岸惣蔵に、この夜、宮島殺害の疑いがある賊に動きがあるようだ。その賊は百姓に成りすまし、そこを隠れ家にしている、などと報告して、密かに微行姿にて見廻りを行いたいと願い出ていた。

根岸は、見廻りの強化を旨としていたし、以前に宮島が殺害されたのは、一人での秘密裡《り》の探索が災したと考えていたゆえに、

「三人ならば、上手く繋がりをとり、くれぐれも油断なきように」

と、これを許した。

思慮深いことで通っている大河原が一緒ならば、抜かりはあるまいと思ったようだ。

そうして見廻りに出た三人の狙いは、無論お里とその一家の口封じであった。

大河原は、宮島の癖を知り抜いている。

女にだらしなく、なりふり構わず口説くので、その最中に言ってはならぬことまで口にしてしまう困った癖があることを、誰よりもよく心得ていた。

どこまで話したかはわからぬが、きっと〝内職〟について、何か匂わせるようなことを話しているに違いない。

かくなる上は、とりあえず口を塞いでおくに限る。

今宵は、有無を言わさず又兵衛一家を斬り殺した上で、

「宮島は殺される前に、又兵衛の一家とよく会い、聞き込みをしていたようにござりまする」

「賊はそれに気付き、又兵衛達の口を封じておこうと思うたに違いござりませぬ」

「我らが見廻った時には、既に殺されておりました……」

などとひとまず報告しておこうと思っていた。

又兵衛一家を賊に見立ててしまうことも考えたが、誰が調べてもその気配はまったくないゆえ、彼らは災難に遭ったと報告する方がよいと、大河原が判断したのだ。

では、真の下手人は――。

「江戸には、無宿人が寄り集まっている怪しい群れがいくつもある。そのどれかを選んで賊に仕立ててしまえばよかろう」

などと、真に悪辣な方便に、話はまとまったのだ。

又兵衛の一家は、屈強な男揃いだと聞いているが、

「たかが百姓だ。寝込みを襲えばどうということもなかろう」

念流を修め、剣術には覚えがある吉永峰之助などは、意にも介さなかった。

もう少し、じっくりと調べれば、又兵衛一家が護身のために鎖鎌術を代々受け継いでいることもわかったはずだが、三人は焦っていた。

大沢要之助が動き出し、要之助を襲ってみれば凄腕の武士が加勢した。

どうもその武士は、武芸帖編纂所なるところにいる、武芸達者だと思われる。

このような状況が、彼らの気を急《せ》き立てたのだ。

それゆえ、たとえ又兵衛達が鎖鎌の心得があるとわかっても、

「たかが百姓の生兵法《なまびようほう》よ。目に物を見せてやる」

と、さして気にもかけなかった。

三人は火付盗賊改方の精鋭である。

それぞれが争闘には慣れているし、人を斬ったことも一度や二度ではない。それが三人集まって夜襲をかけるのだ。何も恐れるものはない。

自分達が保身のために行う殺人を、彼らは淡々と迷いなくやり遂げようとしていたのである。

やがて三人は又兵衛の家に着いた。

まず、注意深く家の周囲を見廻す。表と裏に出入口。今は木戸が閉められてある。

窓は屋根の引窓の他は、明かり採りの小窓が三ヶ所。

一人も逃がさず、討ち平げるには、外に通じるところを押さえねばなるまい。

「よし、これなら表に二人、裏に一人でことは足りよう」

耳を澄ませても、家の中で人が語らっている気配はない。

「一気に参るぞ」

三人は、覆面をして浪人風の微行姿に、襷掛けをし、袴の股立をとった。

そうして抜刀し、ぎらりと白刃を煌《きら》めかせた。

ところが、その時であった。

いきなり家の板戸が内から外されたかと思うと、中から分銅に繋がれた鎖が、うなりをあげて飛んできて、表の大河原、國井、裏の吉永の太刀にそれぞれ絡みついた。

鎖鎌術による見事な攻撃であった。

放ったのは、又兵衛、又一郎、そして蓑吉だ。不意を衝くつもりが、逆に鎖鎌の逆襲を受けて、件の三人はうろたえた。しかも鎖は三人が刀を持つ腕にも絡んでいて百姓の男三人の強い力で引っ張られると、容易に脱け出すことなど出来なかった。

さらに、三人が体勢を立て直す前に、

「曲《く》せ者《もの》！」

と、家の中から飛び出してきた新手の武士が三人、あっという間に大河原、國井、吉永を峰打ちに倒し、有無を言わさずに縛り上げた。

「お、おのれ、何をする……」

こうなれば、火付盗賊改方である由を伝えて、無理矢理にでも言い逃れてやると、

大河原が口を開いた時、武士の一人が堂々たる勢いで、

「公儀武芸帖編纂所頭取・新宮鷹之介である！　これへは鎖鎌術の聞き取りをしに参ったが、何ゆえの狼藉か！　返答次第では、この場で討ち果たしてくれん！」

三人を叱りつけたものだ。

新宮鷹之介と共に三人を打ち据えたのは、水軒三右衛門と松岡大八であった。

「いや、これは……」

大河原は、機先を制され、しどろもどろになりながら、

「手違いがござった。我らは火付盗賊改方同心……」

と言いかけたが、

「黙れ黙れ！　火付盗賊改方は破落戸《ならずもの》を捕まえるのが本分。夜中に百姓の家を抜刀の上襲うことがあるものか！　控えおろう、この騙り者《かたもの》めが！」

鷹之介は頭ごなしに叱りつけ、そのまま納屋へ閉じ込めたのである。

鷹之介の前に、又兵衛、蓑吉、又一郎、お里が、感動と不安の入り交じった表情で畏まった。

「案ずることはない。新宮鷹之介、一命にかえても、そなた達を守ってみせよう」

それを勇気付けるように、鷹之介は凛として言ってのけた。

「お殿様は何ゆえに、わたし共をそこまでお守りくださるのでしょう……」

又兵衛はつくづくと訊ねた。

「先だって申したように、そなた達の鎖鎌術が絶えてはならぬと思うたゆえ。それも武芸帖編纂所の仕事じゃと心得ているからだ」

鷹之介は言葉に力を込めた。

まだ茂作という名の伊東一水を、行き倒れから救い、彼に鎖鎌術を教えてやった又兵衛のやさしさと、その術の成果は、やがて小松杉蔵と一水を引き合わせ〝伏草流鎖鎌術〟を生んだ。

そして、又兵衛の教えは孫の又一郎に引き継がれ、鎖鎌本来の意義である、護身術のひとつとして、今尚密かに発展を続けている。

その平和と安定を乱した宮島充三郎一味は、罰せられるべきであり、又兵衛一家は武芸帖編纂所が保護してしかるべきだと鷹之介は、強い意思と決意を示したのである。

「とはいえ、恩に着せるわけではないが、ひとつ頼みがある」

そして鷹之介は、悪戯っぽく笑った。

「何なりと、お申しつけくださりませ」

「たった今三人でしてのけた鎖鎌の技を、もう一度見せてはくれぬかな」

又兵衛、蓑吉、又一郎が快諾したのは言うまでもない。

鷹之介は、三右衛門、大八と共に、大河原達を納屋へ閉じ込めたまま、しばし鎖鎌術の演武を堪能したのである。

十

翌朝。

大河原嘉次郎、國井康太郎、吉永峰之助は、火付盗賊改方の手によって連行された。

鷹之介は、あくまでも火付盗賊改方の名を騙る者として引き渡した。

これには御先手弓組与力・江藤善八郎と、その手先・儀兵衛が動いた。

三同心の先夜の凶行は、容易に読めた。

それは、大沢要之助から、儀兵衛とその乾分達を通じて、密かに鷹之介にもたらされたのである。

要之助を詰所に封じておけばよいと考えた大河原であったが、要之助は役所に日がな一日いるからこそ、大河原達が根岸与力に、夜の見廻りを願い出たことがわかったのだ。

要之助は、大河原を疑いたくはなかったが、あれこれ考えるうちに、國井、吉永を含めた三人が、宮島と怪しげな動きをとっていたとしてもおかしくないと思えてきた。

自分が初めに、鎖鎌について話したのも大河原であった。それから要之助は、何者かに襲われ謹慎させられることになったのだ。

それもこれも、すぐに明らかになろう。

要之助は、謹慎の体をとりつつ、詰所にいて彼らの動向に目を光らせていたというわけだ。

新宮鷹之介は、武芸帖編纂所としての役儀をまっとうする上で、又兵衛の家を訪ね、そこで火付盗賊改方を騙る賊に襲われたと、若年寄・京極周防守に報告をした。

そして、その一方で、江藤善八郎には宮島充三郎がお里へとった行いと、又兵衛一家の秘話についてすべてを伝えておいた。

善八郎は、長官の長沢筑前守、与力の根岸惣蔵に諮《はか》り、又兵衛一家へのお咎めは一切なしとし、宮島はあくまでも賊の探索中に、かつて宮島が斬り殺した者の身内の仕返しに遭って果てたとした。

根岸は、決して凡庸《ぼんよう》な男ではなく、少し前から宮島の素行が気になっていた。しかし、身内を疑うには人がよく、それがここまでの乱行であったことに驚愕した。そして己が責任を痛感し、大河原、國井、吉永を厳しく取り調べた。

その結果、大河原、國井、吉永、そして宮島が、今までに何度か、盗人の召し捕りに際して、彼らが盗んだ金を横取りして、口を塞ぐという荒っぽい〝内職〟をしていたことが明らかになった。

こうなると、鷹之介が大河原達を、あくまでも騙り者として引き渡し、そのように若年寄に報せたのは、長官の長沢筑前守にとって幸いであった。

京極周防守は、そこに火付盗賊改方の不祥事を直感したが、それを掘り起こすことは避け、

「新宮鷹之介に借りができたようじゃな」

筑前守には遠回しに内済を許し、厳しく自浄を促したのである。

とはいえ――。

「これでまた、上様におもしろい話ができよう」

周防守は、内心ほくそ笑んでいた。

役儀をまっとうせんとしては騒ぎを起こす、武芸帖編纂所の若き頭取。

「鷹めはまた何をしでかしたのじゃ？」

徳川家斉は、それを聞くのが楽しみであり、時の将軍の機嫌を直す何よりの妙薬となるからだ。そして、鷹之介の奮闘ぶりは、いつしか周防守の楽しみにもなっていたのだ。

やがて、大沢要之助は詰所での謹慎からも解かれ、いつも通りに市中見廻りなど、役儀をこなすようになった。

もう、新宮鷹之介を訪ねるのも遠慮はいらなかった。思えば、要之助が鷹之介を久しぶりに訪ねて以来、彼にとっては受難の日々となったのだが、結局はそれが功を奏した。今度のことで要之助は、火付盗賊改方の中でも一目置かれるようになり、

「鷹様には何と御礼を申し上げてよいやら……」

彼は再び武芸帖編纂所を訪ね、改めて礼を述べたのである。

それからは、多忙ゆえなかなかその暇を作れぬものの、時折は儀兵衛と共に世情の噂や評判をもたらし、鷹之介の剣術稽古の相手になったりして、顔を見せるようになった。

一方、小松杉蔵はというと、

「ははは、真に結構でござりまするな」

何が結構なのかわからないが、やたらと武芸帖編纂所を訪ねてくるようになった。

鷹之介は、杉蔵を通じて、一水が若き日に情熱を注ぎ憧れた又兵衛の鎖鎌術が、

「色々と世間の目を憚《はばか》らねばならぬゆえに、表には出さねど、今も孫の代に受け継がれ、〝伏草流〟の祖となってござるぞ」

と伝え、

「いやいや、伊東先生は、涙を流して喜んでおられましたぞ」

杉蔵は、何度もその様子を伝えに、鷹之介の許へと訪れたわけだ。

相変わらず、武芸帖編纂所は、その御大層な名と裏腹に、幕臣は新宮鷹之介ただ

一人。風変わりな武芸者が集うところとなっていた。

とはいえ、滅びゆく武芸を掘り起こすには、恰好の面々が揃い始めているといえるであろう。

伏草流鎖鎌術――。野州より出た伊東一水が小松杉蔵の助力を得て創設。百姓の護身術として教え継がれる鎖鎌の技に想を得たものである。

公儀武芸帖には、新たにこのような記録が書き足されることになった。

こうして文政元年は暮れゆき、やがて新たな年を迎えた。

松の内も過ぎ、世の中が落ち着き始めた頃。

新宮鷹之介は、何やらそわそわした様子となり、暇を見つけては愛刀・水心子正秀を抜いて、型稽古に力を入れ始めた。

それは、何か心に引っかかりを覚えた時に、気持ちを整えるためにする彼の儀式であることを、周りの者は知っている。

「頭取は、悩みごとを抱えているようじゃな」

松岡大八が心配そうにしていると、

「大沢殿の妹御が、いよいよ嫁がれたとか」

水軒三右衛門がそっと伝えた。

「なるほど、そういうことか」

「めでたいことだと喜びながらも、心の内は何やら寂しいのであろうな」

「おれにはよくわかる」

「真にややこしいことじゃ」

「ややこしいだと？　男とはそういうものであろう」

「そうかもしれぬが、こちらとしては、何やら気にかかるであろう」

「うむ、放ってもおけぬな」

「手裏剣芸者の春太郎を呼んで、賑やかに一杯やるか」

「うむ、それがよかろう」

鷹之介は、初老の武芸者二人が、そんな話をしていると知るや知らずや、
鮮やかに虚空を斬る。

「ええいッ！」

その剣の動き、身のこなしは、険しい山の頂から勇躍空に飛び立つ、若鷹のごとき躍動である。

「大八……」

「何じゃ、三右衛門……」

「この姿を毎日見られるとは、我らはついていたな」

「ああ、そのことについては、おれを呼んでくれたおぬしに礼を言う」

「いこう、素直ではないか」

「あの御方の前にいるとそうなるのだよ」

二人は、新年の目でたさを胸に覚えつつ、しばし、雄々しい演武に見惚れていたのである。